河出文庫

焦心日記

少年アヤ

河出書房新社

序

おかま、を自称して生きる私が、失恋のショックで韓流という激流に飛び込んだのが、二〇一一年。ストレスで激太りし、ひどい痔で七転八倒した挙げ句、露出狂にひと目惚れしたのが、二〇一二年。

私はひた走りながら、絶えずおのれに問い続けていた。

欲望ってなんだろう。おかまってなんだろう。私ってなんだろう。

なにひとつ答えの出ないまま迎えた、二〇一三年の年明け。郊外のショッピングモールで、とあるアイドルグループに出会った。派手な衣装をまとい、さびれたステージで踊る、ばら色の唇のタクヤ。

なんて、なんてきれいなんだろう。

全収入を投げ打ってタクヤを追いかけ、とうとう預金残高十一円になった五月の夕暮れ。私はガタガタ足を震わせながら、このままでは命が危ないと思った。そしてなるべく自分から目を放さないよう、一年間、毎日、日記をつけることにした。

私を抱かないと地球が爆発する

みたいな流れにならないかな

目次

焦心日記

二〇一三年五月

五月七日　火曜日

　お昼ごろ、ネット上で全く知らない人からいきなり「遊ぼう！」と言われ、その馴れ馴れしさに対する嫌悪感だとか、馴れ馴れしくしてもよいだろうと思われている自分への苛立ちをどう表現しようかと悩んだすえ、シンプルかつ単刀直入に「死ね」と返しました。そしたら「友達になろう！」「どうして友達になってくれないの？」「お願いです、私は友達になりたいんです」みたいな返信がダーッと来て、すっかり消耗して近所の焼き肉屋さんへ駆け込んだら、メインのタン塩が和紙のように薄かった。涙が出そうになった。そしてペラペラのそれを食べつつネットを開いたら、今度は別の人から「あなたが今泣いているのは、ペラペラのタンのせいではありません。人様に死ねなどと言ったからです」というような内容のお便りが来ていて、ここでこそ「死ね！」の使い時だったかな、と思いました。

　ちなみに死ねという言葉、やたらと使うのはどうかと思いますが、二日に一回くらいの頻度で、どうしても辛抱たまらなくなった時だけ使ってもよいことにしています。自分を守るために。
五月八日　水曜日
はりきってホームセンターに行き、トンカチなどを購入していると、すぐ横に見覚えのある顔を発見。中学時代、私をことあるごとにサンドバッグにしていたヤンキー男だった。当時はすごいイケメンだったけど（だから殴られても許した）、今となっては見る影もなかった。美貌という恵みは、行いが悪ければ簡単に削がれていく減点方式なんだな、と思いました。
五月九日　木曜日
男性編集者から「なに飲みますか？　温かいものとかどうですか？」とか「お土産にケーキをどうぞ。アヤちゃんが好きそうなケーキですよ」とか言われるうち、気がつくと恋心が芽生えていた。
帰宅してから、その興奮を友人のMさんに伝えようと電話をかけたら、最高に鬱状態で、「私……顔がないの……アヤちゃん、私の顔、どこにあるか知ってる？」と問いつめられ、灼熱の恋も冷めていきました。

五月一〇日　金曜日

Mさんの鬱が酷いということで、友人たちと渋谷に緊急集合すると、Mさんの様子は見るからにおかしく、毛玉まみれのあずき色のジャージを着て109の前に佇んでいた。

さすがにやばいかも？　と思ったのですが、レストランに着いてアイドルの話をしたとたん嘘のように完全復活を遂げ、「人の個性は百人十色」などの名言を連発していた。ちなみに鬱の原因は、生活費をすべてアイドルに費してしまったことだそう。

五月一一日　土曜日

一日中アイドル漬け。まず亀戸にて行われた超特急のイベントへ。湿度の高いなか、汗だくになって踊る姿を見ていたら、雨の日の体育館で、バスケ部の男の子たちがキュッキュッとシューズを鳴らしていたのを思い出した。ほんのり汗の香る更衣室、細い足首と、すべすべのお腹……と夢想していたら、駅前の焼き肉屋の前に、チンコそっくりな形をした寄生虫が大量に這っているのを目撃。

それから渋谷へ移動し、ラブホ街にある某ライブハウスのイベントへ。さまざまな新人アーティストに交じり、DISH//も出演するということで、かなり前の方で待機していたのですが、DISH//の出番まで全然興味のない歌手の歌を聞き続けるのがつらかった。なかでも一番つらかったのが「一年前にネットで出会ってバンドを組みました」という男女混合3ピースバンド。「異性の友達って皆さん、いますよね？　その友達にもし、片思いしてしまったら……。せつないラブソングです。聞いてください」みたいなMCで陶酔していて、周りの客は「あるある」みたいな感じで頷き、嗚咽している人さえいました。

二時間ほど待ってようやくDISH//が登場。おそろいのツナギが母性をくすぐる。テンションは一気にMAX状態に。キュートなコミックソングのビートが、しゃらくさいラブソングの欺瞞（単なる性欲をポエムみたいなものに置き換えてんじゃねーぞ！）を吹き飛ばしていくようで爽快でしたが、いきなり暴れたせいで酸欠になり、頭痛が起き、さらに激しく点滅するライトで吐き気まで催して、会場を出るころにはボロボロになっていた。アイドルに救われ、アイドルに裁かれ、つまるところアイドルとは神そのものです。

五月一二日　日曜日

深夜、仕事をしていたら突然会陰（性器と肛門の間の部分）にジワジワとした痛みを感じ、気にせずにいたらどんどん痛みが増していって、怖くなり「会陰　痛み」でネット検索してみると、妊婦向け会陰マッサージばかり出て来た。なのに、ついそれに従い会陰を揉んでしまった。会陰は鶏肉のような弾力があった。揚げたいと思った。

五月一三日　月曜日
（何も覚えていない）

五月一四日　火曜日
　そういえば、少し離れた街に古い文房具屋があったっけと思い出し、後輪がパンクした自転車で二〇キロほどの距離を爆走していたら、目星を付けていたお店のほとんどがすでに閉店していた。古いものっていつの間にか消えていくし、消えていくことに皆あまり胸を痛めないみたいだし、そういえば自分もファンシーグッズ以外の昭和にはちっとも興味がないし、下北駅が再開発とか言われてもふーんという感じなので、なんとも言えない問題かもしれません。唯一開いていたお店でキュートな折り紙を購入する際、レジのおばさんに「これって、いつの年代のものですか？」と聞いてみたところ、思いがけず「どういう意味だ！　バカにしてるのか！」と怒られてしまった。焦って「古いものが好きで……」と説明したら、「古いってどういうことだ！」と、ますます火に油だった。

五月一五日　水曜日
「こじらせ」って一部だけに起きている現象ではなく、きっとこの国に生きるほとんどの女子たちが患（わずら）っている自意識の病なんだと思います。社会からの抑圧だとか、ジェンダーの役割だとかをクリアしていくにはハードルがいくつも待ち構えており、女子たちは（あるいは男子も）みんなどこかしらにつまずき、引っかかり、倒し、時には走るのを止めてしまったり、コースから離脱したりしているのです。そんななか、この「こじらせ」という言葉は、意図せずレールから外れてしまった自分、もしくは自分たちを笑ってみるという発想に基づいて生まれた発明品であり、もしかしたら紫式部や清少納言が活動していたころから待望されていた言葉なのかもしれません。

願わくば「毒母」なんかと同じで、何かを気づかせ、場合によっては啓発させていくためのきっかけになる言葉として定着していって欲しいですが、どうなんでしょう。少なくとも、やっと言葉のついたそれを、特に理由もなく「ケッ」とか言いたがるような、そんなつまんない人たちには負けないでほしいです。

五月一六日　木曜日

「せっかく若いのに」みたいな事を言ってくる人って、自分が若い頃のことを誇りに思っているタイプで、黄金期のスウィートさが忘れられないからこそ、そうでない若者がいるとナルシシズムをくすぐられてしょうがないんだと思います。私ってやっぱイケてたんじゃん！　みたいな。だとしたら、モッサリしたおかまなんてもう、目の前に現れたら舐める以外の手はないかも。私でもそうする。

五月一七日　金曜日

超特急のタクヤを取材した雑誌の発売日……ということで目が覚めるとともに書店へ走り、買って開いて卒倒した。なんとそこには、あの日のタクヤが完璧な状態で焼き付けられていたのです。

改めてあの日のことを思い返してみる。たしかあの日は取材場所に着くと、タクヤ以外の超特急メンバーが四人も揃っていて、目の前でいつもの自己紹介をしてくれたのだった。

カイ君「超特急二号車は……」
私「オーッ！」
カイ君「神秘的な列車です」
私「オーッ！」

気まずい空気が流れる。アイドルたちの笑顔が強ばっている。

それからタクヤとスタッフさんとで別室に移り、撮影＆インタビューが始まったのですが、タクヤは最初やや警戒気味で、おそらく貞操の心配をしていたのだと思います。まだ一八歳の男子ですからそれも仕方ないだろうと思い、こちらもおそるおそる質問などしていくと、少しずつ空気に順応してくれたようで、だんだんと笑顔を見せてくれるようになり、仕事を放棄してひれ伏したくなりました。そして、笑顔をはじめて「咲く」と表現した人は偉大だと思いました。

五月一八日　土曜日

仕事先で「おかまなのにどうして女装しないんですか⁉」なんて言われてしまい、つくづく「おかま」ってジェンダー化してるよなーと思いました。きっと私より上の世代のおかまたちは、とにかくおかまという生き物・生き方がこの世に存在しているということを叫ぶのに必死で、おかげでこうして私も堂々と世間を闊歩出来ているのだと思いますが、世間は過剰にキャラクター化されたそれをとりあえず認識することしか出来ず、「色々なおかまがいる」と想像するまでには至らなかったのかも。だとしたら、それを広く認知させることが私たち世代の役目なのかもしれませんが、圧倒的マジョリティである男ジェンダーや女ジェンダーが苦戦しているところを見ると、やはり前途多難という感じがします。

五月一九日　日曜日

仕事に追われてアイドルのイベントに行けず、だったら何のために働いてるんだろう……とクヨクヨしていたところ、現場にいたMさんから「中学生連れのお母さんが、CDの大量買いについてスタッフにクレームを入れに行ったよ」というニュースが入ってきて、お母さん以上に娘がすげーと思った。お母さんのお金を使うのはまだ中学生なので仕方がないにしろ、お母さんの目の前で、お母さんのお金をアイドルとの接触につぎ込むって、すごい度胸というか、性解放がまちがった方に進んでいるというか。きっとお母さんの方も、購入枚数云々よりもまずティーンの女の子たちが、娘が、そこまでして男と接触したがっているという現実に面食らったでしょうね。
　私としてはそれで上等だと思いますが、やっぱり親の金じゃマヌケなので、もうすこし大人になってから来たほうがいいかもね！　とアドバイスしかけて、私も先月のイベントで親からお金を借りていたことを思い出しました。一三歳ならまだしも、二三歳でこれってちっとも微笑ましさがない。やばすぎて無表情になる。しかも踏み倒す気でいる。

五月二〇日　月曜日
　ネット上で、ムカつくお便りを下さった女の子のページを見に行ってみたら、都内在住のおしゃれ大好き！　フリーターとのことでした。とにかくおしゃれが命だそうで、おしゃれをしない、服装で個性を主張しないのは愚かなことだ、というファッション哲学のようなことをアツく語っており、それを見ていたら、空っぽの頭に個性を構築していく作業って、無から芸術作品を作るのと同じくらいしんどいだろうなあと思いました。あ、だから個性派ファッションって芸術的っていうか、前衛的っていうか、センスのない凡人（私）いわく「バカみたい」な恰好に見えるのかもしれませんね。ひとつ利口になりぱみゅぱみゅ！

五月二一日　火曜日

打ち合わせがてら、新宿でイタリアンを御馳走になったのですが、素敵な男性編集者さんが二人も来て下さり、それだけで胸もお腹もいっぱいでした。一人目は、ちょっと無頼なアラフォー男子で、いきなりガハハ！　と笑ったり、「俺は綺麗な女が好きなんだー！」と叫んだり、話が終わるとつまんなそうな顔でボーッとしたり、やんちゃっぽく母性をくすぐる感じ。もう一人は現在婚活がうまく行かず、悩んでいる読書家の、同じくアラフォー男子。どんなものをお読みになるんですか？　と聞いたら少女漫画が大好きだそうで、「恥ずかしいけどキュンキュンしてしまう」らしい。……かわいい。興奮してさらに聞いたら、「BLも読む」らしく、「正直、キュンキュンしてしまう」そうだ。BL読んでキュンキュンできる男子って、しかもそれを公言出来るって、なんて素敵な人なんだろう！　と感動して泣きたくなりましたが、一方恋愛では、恐らく自分のセールスポイントというか、どこで勝負をすれば勝てるのかをちっともわかっていない様子で、見当違いな方向に攻めてしまったり、コッテコテの男ジェンダーに沿いすぎてしまうとのこと。ああ、そのままでいいのに。ちょっとオドオド、少女漫画が好きですって言える、その感じすごくいいのに。しかしどう説明しても伝わらず、「ぼくはどうすればいいんだ〜〜」と頭を抱えてしまっていた。ねえ、いっそアヤと結婚しない？

ちなみにこの男性二人、そろってカルパッチョをテーブルに落としてベチョッ！　とかさせていました。そしてそのカルパッチョは、あまりおいしくありませんでした。

五月二二日　水曜日

ブックオフに行ったら、数年前にネットからの盗用が発覚して、回収騒ぎとなった『最後のパレード』が売られていた。この本は、ディズニーランドの元従業員が、パーク内で起きたほっこり系のエピソードをいくつか紹介していくというものなのですが、例えば「死んだ息子の夢を叶えるために来園したら、キャスト（ディズニーランドではスタッフをこう呼ぶ）がまるで、息子がそこにいるかのように振る舞ってくれて、涙が止まりませんでした」という感じで、全体的に死別や病気（身体的障害など）をネタにしたものが多かったです。ネタと知りつつ購入し、普通にうるっと来た私って、作者以上に人間として欠陥があるのかもしれない。

五月二三日　木曜日

アイドルにハマりすぎて鬱状態になり、ここ半年間、十数件にも及ぶ占いを受けて受けて受け倒して来たのですが、斜に構えていられたのは初回の数分間だけで、みるみるうちにのめり込んでいった。なぜそんなにハマったのかというと、限りなく肯定に近い正当化に加担してくれるからかもしれません。例えば対人関係に弱っている時、「あなたはいつも人のことを考えてばかり」みたいな、本当は全然そんなことないのに、そうなんですと乗っかりたくなるようなことを言われたら、たまらなくなります。「そう、私、いっつも人のことを考えてばかりなの！（全然そんなことないってば）だからうまくいかないの！　私、優しすぎて損するタイプなの！」といった具合に。そこへ、「それもそのはず。あなたの前世は、聖なる職業に従事していた選ばれし人よ」なんて言われたら、スコーンと入ってしまうわけです。気持ち良いからまだ続けますが。

五月二四日　金曜日

東方神起ペン（韓国語で「ファン」の意）の友人、Nさん（四〇歳）のお宅へ。Nさんは頭が良く、発言にキレがあり、色々なことを知っている知的な面と裏腹に、部屋が絶望的に汚く、冷蔵庫の中身が片っ端から茶ばんでいたり、枕元にはなぜか調味料が並んでいたり、布団からは男子大学生みたいな匂いがしたり……と、かなりやばい側面も併せ持っており、私はそんなNさんをカルト的に愛好しているのですが、そのおもしろさをついネット上で暴露したばかりに出禁を食らってしまい、それから半年間も招き入れてもらえなかった。

「もうそんなに汚くないよ」というお部屋は本当にややスッキリしており、それでも全体的に香る狂気のようなものは抜けきっておらず、むしろ綺麗になったことでますますミステリアスな狂気を放っていた。巨大なダイエットマシンに絡む洗濯物は異様にグッタリとしていて、まるで死体のようでした。

五月二五日　土曜日
　そんなNさんの部屋で、「圧をかけてくる既婚者の有害さ」について語り合うという暗いことをしていたら、目が覚めたのが昼過ぎだった。本当はお好み焼きを食べに行く予定だったのですが、Nさんの部屋は泥沼のような引力があり、もう一歩も動きたくないとピザを注文。Nさんの食欲がすごかった。ギットギトのてりやきチキンピザとコーラをあっという間に平らげたあと、「まだ足りない」とイライラしていた。恐竜か。それにしても、そんなに大食いなのに太らないいんですか？　と訊ねたら、「あ、それはね、私、固いから。腕とか触ってみ？　……ね？　私の肉ってカッチカチなんだよ。固いから、脂肪の入る隙間がなくって、太らない。絶対尻とか垂れないタイプだと思う」と誇らしげに語っていたが、全然意味がわからなかった。

五月二六日　日曜日
　古びたおもちゃ屋さんに入ってみたところ、ものすごい宝の山で、急いでお金をおろしにコンビニへ走ったのですが、ATMのミラーで見た自分の目が爛々と輝いていてゾッとした。何かに似てると思ったら、去年遭遇して一目惚れしてしまった露出狂の目だった。

五月二七日　月曜日

　預金残高数百円で絶望していたところ、昼過ぎに思わぬ収入があったので、前日に引き続きおもちゃ屋へ。買い損ねたものをちょっぴり買うだけのつもりが、また新たな商品がたくさん並べてあり、これは怪しいと思って店のおじさんに話を聞くと、倉庫にはまだ大量の在庫が眠っているらしく、客のリクエストに応じて小出しにしているとのこと。しかし、リクエストするにはおじさんとの間に信頼関係を築かなければならないようで、そのステップ1としてまずは店の歴史について延々聞かされた。絶妙な相づちを打たなければたちまちシャッターを降ろされてしまうという緊迫感はすさまじく、おかげで普段なら絶対出来ないような、ものすごく円滑なコミュニケーションが実現。阿川佐和子みたいなトーンで「あちゃー！」とか言ってしまいました。聞く力。

五月二八日　火曜日

　色々とつらくなって来たので、急遽Mさんと夜ご飯を食べることに。秋葉原でインドカレーのお店に入ったのですが、甘めにして下さいと頼んだカレーの甘さがどう考えてもスイーツの甘さで、明らかに砂糖が投入されていた。しかもそれなりに高い。

　アイドルのおかげで、本当に仲の良い友達が出来たのはいいですが、友達と遊ぶにはお金がかかるんだということを知らなかったせいで、いまいち加減がわからず、私もMさんも平然と無駄遣いしまくったあげく経済的に逼迫（ひっぱく）されて毎月ヒーヒー言っている。

バカみたいだが、それでも友達がいるってうれしいよね！　と、まずいカレーで胃を満たしながら言い合うのだった。

五月二九日　水曜日

なんとなくホラーが観たくなって、久々に借りてきた『リング』が、ものすごく恐ろしかった。ちなみに私は、貞子に深いシンパシーを抱いており、死の淵で遺伝子情報をビデオに念写するしぶとさとか、やったことないけど覚えがあるような感じがしている。

五月三〇日　木曜日

某所に「おかまで処女（童貞？）の少年アヤちゃん」なんて書かれており、「おかまで処女（童貞）」って、なんておもしろいんだろうと思いつつ、そこに対するしんどさなんかも感じてしまった。

五月三一日　金曜日

最近、アイドルとはやや距離を置いており、というのもまた物欲の方に揺り戻しが来ていて、おもちゃばっかり買いあさっているからです。何にハマっても定期的にここに帰って来てしまうのってきっと、おもちゃ（物）はアイドルとは違って、私を母でもおかまでもないただの子どもにしてくれるからなんだと思う。

六月

六月一日　土曜日

ほぼ一ヶ月振りに超特急のライブへ。久々に見るタクヤはちょっぴり不機嫌そうでしたが、トーク中に「彼女にしたいメンバー一位」に選ばれた瞬間パアッと笑顔になり、それからは頻繁に笑ったり、喋ったりと楽しそうだった。タクちゃんはワガママなお姫様みたいで可愛い。そしてワガママなお姫様みたいな男の子、ってかつて私がなりたくてなりたくてゲロを吐くほど羨望していた自己イメージとバッチリ重なっている。やはり私がタクヤに投影しているものはコンプレックス以外のなにものでもないのだ。

イベント後は、Mさん達と居酒屋で飲んだのですが、外国人のバイトばかり雇っているその居酒屋は明らかに店員不足で、飲み物が出るまで一五分、出てきた揚げ物は焦げまくっており、床にはゴキブリが這っていた。Mさんはゴキブリを見た瞬間、「キャーッ！」と立ち上がって放屁し、そのあと「オナラしちゃったよー！」と叫んで泣いていた。

六月二日　日曜日

今日は海老名で超特急。ひとりぼっちでの参戦で、掛け声など出来ずモジモジしていましたが、特典会では久々にCDを大量買いし、あらゆる欲を爆発させた。目当てはポストカードにサインとコメントを貰えるという特典（CD二枚）で、まずタクヤの列にならび、「ユースケくん（タクヤの彼氏だと私が勝手に断定して萌えているメンバー）と喧嘩したという仮定で、ユースケくんへの不満を書いてください」と頼んでみたところ、

ユースケへ　バカ！　バカ！　バカ！　おい！　ユースケ！　バカ！　バカ！　そんなユースケが大好きだぞバカ！

と書いてくださり、続けてユースケの列にも並び、「タクヤくんを怒らせてしまったという仮定で、なにか謝りの言葉を書いてください」と頼んだら、

たくやへ　ごめんね　ごめんね　いつも傷付けた事しか言えなくて　でも心の底からタクヤの事大好きだよ！

と想像以上のことを書いて下さり、とうとうリンゴンリンゴンという鐘の音を聴いてしまったのですが、理想の自分であるタクヤと、そのお相手として選んだユースケちゃんが結ばれるという夢想を、大枚叩いてまで具現化し、喜んでいる私ってちっとも恋愛から解脱していない……と気づいて愕然としつつ、この問題についてはこれ以上考えるのをやめた。なぜなら、バカの方が幸せになれるからです。

六月三日　月曜日

今、大変な混乱状態にいます。なぜなら、ここ半年間共にアイドルを追い、幾多の鬱を乗り切ってきた戦友・Mさんに彼氏が出来たからです。それも恐ろしいほどのスピード……超特急で。

本当についさっき起きたことなので、まだ頭の整理が出来ていないのですが、自分の性欲も、恋心さえもよくわからず三五年間生きてきたMさんが、初めて欲望を剝き出しにし、自発的にアクションを起こし、願望を叶えていっている様は、あまりにも感動的で、ドラマチックな光景だった。

きっと、そのスイッチを押したのはアイドルなんだ。アイドルが、抑圧されていたMさんの欲望を解放してくれたんだ。実際、Mさんは「アイドルに出会うまで、男の人をかっこいいと言うことすら許されないと思ってた」と言っており、こうやってアイドルとの出会いに救われて、人生をどんどん良い方向に好転させて行ける人もいるんだということに感動させられた。私にとっても、依存対象やコンプレックスのぶつけ先である以上の意味が、もしかしたらあるのかも？　と思ってしまうし、思ってしまっても良い、それが希望なんだって、浮かれきったMさんの声が教えてくれたような気がする。

六月四日　火曜日

おめでとう！　と祝福しておきながら、どこか置き去りにされたような気持ちになっている自分がいて、今日の半分はひたすら落ち込んでいた。このまま、アイドルに送金することだけが幸せ、とか言いながら気がつくと一人、なんてことになってしまったらどうしよう。

……そういえば、「私のお墓の前で泣かないでください」と、かの有名な歌詞にあるけど、お墓の前で泣いてくれる人がいるってすごい贅沢なことだし、当時それを受け入れた大衆も当然、お墓の前で泣いてくれる人がいるからこそ強く共感したんだと思うと、なんかもう計り知れないものを感じる。私が死んだとき、アイドルは「どうでもいい」とすら思ってくれないんだろう。それは当然だし、泣いてほしいわけじゃないけど、どこか納得が行かない気もする。

六月五日　水曜日

ギャラが振り込まれたので、思い切って焼肉屋へランチに行ったら、やけに掃除の行き届いたツルツルの床が災いし、着席する直前にすべって尻餅。テディベアのような姿勢のまま茫然とする私と、気まずそうにそれを見る店員二人とのトライアングル。しかし、この哀れさに救われて、鬱屈とした気分が晴れていった。

六月六日　木曜日

久々に美術展に参加。そのためギャラリーへ搬入に向かったのですが、アート界隈によくいる「職業不明・アーティストではない・しかしなぜかよくいる」という三拍子揃った、中途半端にチャラチャラした装いの男がギャラリーの中央に佇んでおり、私（おかま）と友人（デブ）を見た途端、「あ、オレお前らみたいなのムリ」みたいな線引きを示してきたのでイラついた。あの、好きでもないヤツから振られる感じ。中くらいの人間に限って、自分より下だと認定した者に対する拒絶反応が強い。自力で上には昇っていけないから、下の人間を「作る」ことで上に立つしかないからなのだと思いますが、それにしても嫌悪感丸出しなあの表情の下には、どこか脅えがある気がする。もしかして、踏みつけた人間から、足を引っぱられる恐怖なのだろうか。

六月七日　金曜日

展示のオープニングパーティーで今日も画廊へ行くも、なんだか消耗してしまった。

アート界隈に渦巻いている「何者かになりたいし、なるべきだ」と意気込んだ人間のパワーは、そこに才能があろうがなかろうが強烈なものがあり、それが狭い空間に密封されたりするとキケンで、悪酔いしてしまう。

そんな空間に綾波レイのコスプレをして現れたMさんは、これまたアート界隈にいがちな「うぶなアート男子にチヤホヤされにやって来ました（ただしアートはどうでもいい）」みたいな女子に対し、「なんだあの女⁉　こんなところでチャラチャラしやがって！　私みたいに綾波レイのコスプレでもしてみろオラ！　しわくちゃだぞこの衣装！見ろよオラ！　私の家にはアイロンが無いんだぞー－っ!!!」と、無茶苦茶な怒りを露わにしていた。霧が晴れるように、人が散っていった。

六月八日　土曜日

ＡＫＢ総選挙、私自身がアイドルのＣＤを大量買いするようになったからか、今年はもう、見える見える。女の子たちのパワーが、気迫が、本気が。

そんな彼女たちを輝かせているファンの熱気にも心を揺さぶられ、私もいつか来るべき時（超特急総選挙）が来たら、全収入を捧げられるようになりたい、なるべき、いや、ならなければ、と思った。だから、やっぱり私、恋愛とか言ってブレてる場合じゃない。男性編集者を見て勃起してる場合でもない。なぜなら私という個人のつまらない人生より、アイドルの人生のほうがよっぽど美しくて刹那的で貴重だからです。

六月九日　日曜日

セーラームーンの漫画に、「光と闇は、もともとひとつ。だから互いに引きあう」というようなことが書いてあった。真っ先に浮かんだのが、真っ暗な客席にレスポンスを求めるアイドルと、まばゆいステージに手を伸ばす信者の図だった。

私たちは、知らず知らず原初に立ち返ろうとしていたのか。

六月一〇日　月曜日

Mさんに彼氏ができたことが、さみしくて、しかしそれは、どこか心地よい。さみしさの底にはエアクッションがあり、いつもこうやって私を守る。さみしさが強ければ強いほど、クッションは膨れあがり、その上で弾むのが楽しくなる。このクッションがわれたとき、私はどうなるんだろう。

六月一一日　火曜日

帰宅ラッシュのなか、近くに座っていた男性の携帯から突如としてラジオが流れ始め、その大音量に車内が静まり返った。周りにいたロマンスグレーのオヤジたちは、日頃の鬱憤（うっぷん）を正義として放出するチャンスをようやく得た！　とばかりに舌打ちをしたり、睨みつけたりしていたのですが、当の男性は故意でなく、本当にうっかり操作を誤ってしまっただけらしく、「ちがうの、ちがうの」と目で訴え。しかしどのボタンを押してもラジオは止まらず、困った男性はギュッ！　と携帯を股に挟み、音を内に吸い込ませる作戦に出たのですが、こもった音が逆に怪しく、よけいに人のイジワル心をゆさぶるようでした。おまけに男性が座っていたのは優先席。バツの悪さ二乗です。さらに特急電車だったので、次の停車駅まで長い。
男性は最終的に、ラジオを尻に敷き、音を最大限に殺したうえ、寝たふりをはじめました。顔は真っ赤で汗もダラダラ。ここまで来るともう誰も彼を責める気になれず、みんなどこかうっすら笑顔を浮かべて、「お前を許すよ」と友好の意思表示をしていました。

六月一二日　水曜日
なんとなく見ていた「ザ！　世界仰天ニュース」が、抜毛症（ばつもうしょう）（ストレスで毛を抜く奇病）→物質依存→スピリチュアル依存という豪華三本立てで、私の人生とまったく同じ道筋を辿っており、「物に囲まれて　行くあてもない」なんて文字が踊ったりして、混乱した私はこの番組の構成作家と結婚したくなりました。わりと本気でそう思ったので、スタッフロールを気合い入れて眺めていたところ、Mさんから電話がきて、しぶしぶ出たら「幸せになるのがこわい……」とか言われて頭にきました。私に言うんじゃねえよ。

六月一三日　木曜日

　とか言いつつ、きちんと話を聞いてみたところ、幸せになるのが怖い気持ちって、それまでの人生が惨めであればあるほど強くなるものらしく、私にもわかる気がします。そのうえで、Mさんには、やっぱり幸せになってほしいと思います。幸せになるのが怖い、という葛藤すら楽しんでほしい。

六月一四日　金曜日

　音楽番組の、稲葉浩志を下から煽るショットがエロすぎてびっくりした。レザーのピチピチがもっこりを引き立てて、触りたいとかいうより、食べてみたいような。きっとしょうゆとおろしだけで食べる高級和牛、みたいな味がしたはず。奥歯でたっぷり噛み締めて、飲み込んだあと肉汁の余韻をずっと口の中に残しておきたい。

六月一五日　土曜日

　友人（女子）の美術展示を見に行ったところ、明らかに様子のおかしいオヤジが友人に絡んでおり、見ただけでゲッソリ。聞くところういうことは珍しくなく、悪質な客だとギャラリー閉館ギリギリに来て、あわよくば……的な空気を出して来るらしい。こんなこと書いても当のオヤジたちには届かないとおもいますが、ギャラリーは風俗でもキャバクラでもアイドルイベントでもありません。なのに自分が男で、相手が女の子だ、というだけで、ひとりでに契約が成立すると勘違いした化け物のなんと多いこと。そして奴らのムカつくのは、「やめてください！」と言えない相手を狙うセンサーが強いということです。

そのあと友人たちと居酒屋に駆け込んで散々愚痴を言っていたら、ムカつくとかうざいとか言う以上に、やはり恐怖の方が強いのだと気づいてやるせなかった。一方的に押し付けられる恐怖って、どうしても発散のしようがない。と同時に、私たちは絶対アイドルの負担にならないようにしようね……と言い合った。お通しの枝豆がタクヤに見えた。

六月一六日　日曜日

歯クソがめっちゃクサいということに、ついこの間気づき、ここ数日は狂ったように糸ようじで伐採している。おかげで歯茎が削れてしまい、炎症を起こし始めていますが、あんなに臭いものを口腔内に留めているというストレスに比べればなんでもありません。しかし、そんな歯クソをさらに上回る悪臭なのが歯石で、こちらに至ってはウンコを超えてしまうそうです。そんなものがよりによって口の中にあるなんて、神はなんという設計ミスを犯したのでしょう。ただ、歯石は歯から削り出されてから悪臭を放つそうで、口内ではそこまで臭わないとのこと。一方、鼻クソは臭わないというだけで偉大に思えます。色彩もシックで上品に見えたり。

六月一七日　月曜日

男女問わず、とにかくアイドルが大好きだというFさん（男性）が、いきなり「K－POPが気になる」とか言うので、現役韓流狂である友人と共に、そのメッカである新大久保へとお連れしました。相変わらず女子の欲望渦巻く新大久保、男性であるFさんはさすがに気圧（けお）されてしまうのでは……と危惧していたのですが、そんな不安もなんのその、Fさんはショップ一軒目から完全にこの街の空気と同化し、CDやらグッズやらを次々と買い漁っていました。そしてその勢いのまま突入した韓国料理屋では、常連だという友人が店のPCを完全にジャックし、DJとなってBIGBANGのMVを流す流す。Fさんは曲ごとに真摯に受け取って唸（うな）り、周りのお客さんも「この曲最高ですよね～！」と盛り上がり始める。

そんな空気にほのぼのしていたところ、急にFさんがこちらを向き、「アヤちゃん！なぜ君はこんなに素晴らしいものを捨てたんですか！」と叫び出しました。続けて友人も、「本当ですよ！　アヤちゃん、まだ間に合うから戻って来てください！」と叫び、周りのお客さんも釣られてどよめく。やばい状況だった。確かに私は、超特急にハマって以降、韓流に対する興味を急激に失っており、かと言って飽きてしまったわけでは決してなく、その原因はやはり、より強くコンプレックスを刺激する存在（タクヤ）が現れてしまったからという他にないのだった。とにかく私の信仰は完全に「理想の自分」

という一点のみを動機にしているので、楽曲のクオリティだとか、サービスの質なんて、どうでもいいのです。

六月一八日　火曜日

急に思い立って池袋のパフェテラス　ミルキーウェイへ。ここは知る人ぞ知る八〇年代ファンシースポットで、その名のとおり、店内にはいたるところにお星さまのモチーフが散りばめられています。コップやポットなどの小物はもちろんのこと、机の脚やマドラー、パフェに浮かぶクッキー、壁面、ライトまですべてがお星さまに彩られ、私たちは一歩踏み入れただけで、そのドリーミーな銀河に浮かぶことができるのです。

このお店、きっと今なら一周して需要がありそうですが、九〇年代のギラギラした池袋のなかをどう生きてきたのかと想像すると、暴風に耐える花のイメージが浮かびます。大変だったねという思いがわくと同時に、どんな環境でも花でありつづけたこのお店のがんばりを、パフェのグラスごとぎゅっと抱きしめたくなるのだった。

六月一九日　水曜日

新米、なのにディープなK-POPファンのKさんと、同じく新米剛にゃん（綾野剛）ファンのSさんと緊急会合。まるで過去の自分を見ているかのようなお二人と、それぞれの信仰について告白し合ったのですが、Kさんは「自分がアイドルになにを求めているのかわからないから、誰を応援すれば良いのかもわからない！　苦しい！」と叫び、Sさんは「剛にゃんとヤリたいの！　マジでヤリたいの！　けどきっといざ対面したらどうすればいいのかわからなくなると思うの！　一体どうすればいいの⁉」と叫び、私もコンプレックスだのゲロだの叫び、まるで魂をひっくり返して見せ合っているような時間だった。しかし、こうして互いの迷走をいたわり合い、支え合いながら並走していれば、きっといつかは光も射すよね、という呑気さはどこか心地よかった。

六月二〇日　木曜日

居酒屋で友人たちと話していたら、私がパワーストーンにすがっていた頃の話になり、思い返して悔しくなってきたので、お店を出てから渋谷の路上で「もう人の言葉なんて信用しない！」と叫んだ。そもそも自分のことが信用できないんですが。

六月二一日　金曜日

発売したばかりのＤＩＳＨ//のＣＤを買うと、先着でポスターが貰えるというので、雨のなか東京中を彷徨（さまよ）った。全四種類あるというそれはなぜかどこへ行っても売り切れており、ボロボロになっていく足と、びしょびしょに濡れていく全身がまるでゴミのような臭気を放ち、どんどん異形と化していった。それでもなぜか足を止めることが出来ず、一心不乱に販売店を渡り歩いていると、どんどん心が研（と）ぎすまされていき、何か真理のようなものを摑みかけた。そして揃った四つのポスター、水浸しのスニーカー、脂ぎった顔。私は悲しいほど愚かな、ただのおかまだった。

六月二二日　土曜日

とあるアイドルオーディションで審査員を務めることになり、朝からアイドル志願の女の子たちと向き合っていたのですが、どんな美少女を見たってそんなに感動することのない私が、あまりの美貌にハッとさせられたりする瞬間が多々あり、すごい子は本当にすごかった。なんか「みんなすごかった」とかとてもじゃないけど言えないくらい、すごい子がすごすぎた。しかし、タクヤの前ではどうかしら？　と変な対抗心がどうしても芽生えてしまい、気がつくと「買い出しに行ってきます」と言ってタクシーに乗り込み、超特急のライブ会場へと向かっている自分がいた。もうクズと呼ばれたっていい。
そして参加することのできた超特急ライブ。女の子たちの人を喰うようなパワーに比べ、男の子たちのなんとまあ呑気なこと。とにかく放つものが全然違っていて、「ウルトラマンとコラボして、ウルトラ超特急というユニットが結成されます！」という告知も癒しそのものだった。子犬みたいな。超特急だワン。ライブでは炎天下の中暴れ狂い、日に焼け、汗だくになって審査会場へ戻ると、尋常でないひんしゅくを肌で感じて寒くなりました。よせばいいのにお弁当まで食べ始めたりして。おまけに「まず〜い」なんて言ったり。

六月二三日　日曜日

　審査を終えたあと、いきなり身体が熱くなったと思ったら、ずっと水下痢が止まらず、朦朧（もうろう）とする頭で「お尻から水を出すなんてもう人間じゃないのかな……」と思った。そういえば今年の二月、タクヤを信仰しすぎておかしくなっていた時期にも同じような状態に陥り、上野の路上でうっかり漏らしてショックで泣いたのでした。もしかしたら今回も、アイドル（の卵）たちのパワーに圧倒されてこうなったのかな……と思っていたら、知り合いのライターさんも、アイドルのインタビュー後に体調を崩すことがよくあると言っており、やはり彼／彼女らの圧倒的な輝きというのは人を潰す性質があるのかもしれません。どう潰すのかというと、ピカーと輝いたその輝度で対象を闇に追いやるのです。アイドルだけでなく、「すごいポジティブな人」とかもそうだと思う。圧迫感と言ってもいい。それに闇なんて、濃く深いようでいても、しょせん光の前では無力で、パッと照らされただけでたちまち消滅してしまう存在なのです。

六月二四日　月曜日

　コンビニにビタミン剤を買いに行った帰り、猛烈な便意に見舞われ、本当にお恥ずかしいことですが、やむを得ず野糞をしてしまった。グググ……とお腹が鳴ったとき、家路を急ぐよりも、肛門を引き締めるよりも先に、草陰に飛び込んでしまった自分の理性の弱さが恨めしいですが、何より心配なのが、液状のそれを水と勘違いした植物が栄養として吸収し、本来とはちがった花を咲かせてしまうのではないか、ということ。どうでもいいですが、その後自己嫌悪で寝れず、体調がますます悪化。

六月二五日　火曜日

三日経っても下痢が止まらず、世界が圧倒的な絶望に包まれるなか、入手し損ねていた超特急のライブチケットを人様から譲ってもらえることになり、やっと人生に光が射した！　とばかりに喜んでいたところ、Mさんから「あんただけライブに行くなんて許せない！」と怒られてしまった。私には、うんこまみれになってしまった私の世界には、もうアイドルしかないのに……。一方Mさんは出来たてホヤホヤの彼氏と毎週映画を見たり、ドライブに行ったりしているじゃないか。なのに、そんなことを言うってどうなんだ。そう抗議してみたところ、今度は「ねえ、コンドームって一箱に何個入ってるか知ってる？」という変化球が返って来て、今思えばたぶん、話題を変えようとしてくれていたのだと思いますが、その時は弱っていたので、私がそんなこと知るはずないだろ！　とますます激昂してしまった。

しかし怒りつつも、悔しいので一応調べてみましたが、個数はメーカーによってまちまちだそうです。

六月二六日　水曜日

お昼ごろ、Mさんと仲直り。Mさんが怒っていたのは、ライブ当日がちょうどMさんの誕生日で、彼氏を交えた誕生日パーティーを開きたかったのに、私が超特急のライブに行くとか言い始めたから！　だそうです。つくづく、三六歳と二三歳の友情にしては稚拙すぎると思いますが、私たちはこのような衝突すら楽しんでいる感があり、「喧嘩が出来るなんてうれしいね」「うん」と言い合う始末。今までどれだけ寂しかったんだろう。

六月二七日　木曜日

痛むお腹をさすりながら、なんとあの、ビッグダディにインタビューを敢行し、撮影時に使用したタオルまでお土産に頂いてきてしまいました。我が家は全員ビッグダディシリーズを網羅しているので、特に母親は驚いており、食卓に置かれたタオルを見てめちゃくちゃウケまくっていました。それはともかく取材の様子ですが、正直ダディより、その隣にいたスタッフの女性の方がなぜか異様に気になってしまい、「なんで気になるんだろう……」とうずうずしつつ、最後にこっそり話しかけてみたところ、なんと某バンドの追っかけをしているとのこと。しかもその方も私に同じ匂いを感じていたらしく、接触したわずか一〇秒ほどですっかり意気投合してしまいました。細かな宗派は違えど、信仰というキーワードのみで、こんなにも強く惹かれ合った私たち。しかもダディの背後で。

六月二八日　金曜日

　超特急の新グッズが、見ようによってはペニスにも微生物にも寄生虫にも見えるという奇怪なペイズリー柄で、信じられないほどダサく、全然欲しくないとファンの誰もが言っていたのですが、かといって「いらないから買わない」とは誰一人言わないのでした。有無を言わさず財布は開かれるのです。

六月二九日　土曜日

　打ち合わせ先で、先方の赤ちゃんを抱きしめた瞬間、ふにゃ、と脳が溶けていく感じがして、それをとても幸せなものだと感じてしまいました。赤ちゃんと触れ合ったときの幸福感は、感じれば感じるほど惨めになるので、ここ数年意識的に不快なものとして処理していたのですが、その瞬間油断していたこともあり、ついうっかり「ああ幸せだ」なんて思ってしまった。その後たった一人で東京駅を彷徨っていたのですが、湧いてしまった母性のぶつけ先がどこにもなく、四方八方のショップを飛び回ったすえ、最強にカワイイ、あらいぐまラスカルのぬいぐるみを購入。きっと喋りかけてしまうと思います。

六月三〇日　日曜日

　セーラームーンこと月野うさぎちゃんの誕生日である本日、浅草橋でセーラームーンの二次創作イベントが開かれていたので行って来ました。会場には人がたくさんいて、そこらじゅうにマニアックな単語が飛び交っており、やっと帰るべき場所を見つけた旅人のような気持ちになりました。しかし誤解を恐れずに言うならば、中心層であるアラフォーの先輩方の放つ空気は異様で、濃厚な人間不信感が漂っており、その様子から、オタクという人種が今よりもっともっと生きづらかった時代を見せつけられたようだった。秋葉原もネットも今ほど充実していない時代を、彼らがどう生き抜いて来たかなんてことは想像も出来ないし、どこにもホームの存在しない時代を、くじけず必死に立ち続けていてくれたからこそ、今もこうしてセーラームーンのイベントが行われているわけで、もはや圧倒的な敬意を感じずにはいられない。人を変形させるほどの抑圧なんて消えて欲しいですが、そんな抑圧によって強くなっていく人たちの輝きにはいつも心を揺さぶられ、とても美しいもののように思ってしまいます。

七月

七月一日　月曜日

記録しておこう。今日は、私の夢が叶った日。どんなに時を経て振り返っても、きっと記憶のなかに紛れることなく、ひたすら輝いているだろうと、そんな風に思えるような日だった。厳密に言うと、本当に夢が叶ったのは四月の某日で、今日はその情報解禁日だったのですが、一体どんな情報だったのかというと、なんと私、セーラームーンの原作者である武内直子先生に、インタビューをしてしまったのです。

神は、実在する人間だった。そしてやさしい人だった。それだけでも驚きなのに、取材後はなぜか一緒に担々麺なんて食べてしまい、私はかつてないほど混乱しながら、吹き出す汗を抑えるのに必死だった。そして神は人間だが、担々麺を食べても汗をかかないくらいには人間離れしているんだなあとぼんやり思ったのを覚えている。刻まれたココナッツの浮かんだ、おしゃれな担々麺の味、きっと忘れない。

七月二日　火曜日

武内先生とお会いして以降、人生の目的がわからず、余生のような気持ちでいる。「余生」というより「人生が余っている」という感覚に近い。贅沢な悩みかもしれないが、わりと切実だったりする。

七月三日　水曜日

絶望的にお金がないので、急遽おもちゃを売却しに行きました。するとふわふわした金髪の店員さんが査定を担当してくださり、かがんでおもちゃをチェックしている姿を上から見ていたのですが、つむじの辺りだけ楕円状に毛が黒くなっているのになぜかドキドキし、新たなるフェティシズムの発見かと思われたのですが、寝る前になってようやく気づいた。あの黒い広がりは、きっと肛門に似ていたんだ。

七月四日　木曜日

上野動物園へ。メインのパンダがトップバッターだったせいか、その後は何を見ても心を動かされず、ずっと超特急の未来について考えていた。

七月五日　金曜日

夜、テレビで林真理子先生の特集をやっており、中学時代にいじめで画鋲をむりやり握らされたというエピソードが披露されていて、ハッとした。なぜなら、私も同じような経験があるから。林先生はヤンキー系の男子にやられたそうですが、私はヤンキーはもちろんのこと、おとなしい系や学級委員長、オタクにまで同じことをさせられており、ヒエラルキーの境界を超越した人間サンドバッグとしてクラスの平和をつないでいました。さらに林先生は、「そんないじめの数々を、男子からの求愛行動と読み違えていた」とも語っており、そこにも共感してしまった。私も、彼らからの暴力をまったく同じように捉えており、そのうちの二、三人とは確実にヤレるだろうと踏んでいました。しかしそんなハプニングはいっさい起きないまま中学生活は終わりを告げ、「あれ、もしかしてただのいじめだったのかな?」と気がついたときにはショックで寝込みましたが、この話をなんとなく母にしてみたところ、すごく悲しそうな顔をされてしまった。それは、このまま押しつぶされてしまうんじゃないかというくらい悲しそうな顔で、当時私はこの母のためにでも、はっきり怒るか泣くかのどちらかしておくべきだったのかもしれない、と思った。

とは言え、当時は、されたいじめ以上の性的妄想で彼らを汚しまくっていたので、お互い様どころかギリギリで私の負けのような気もします。

七月六日　土曜日
ショッピングモールで見た　イケメンユニットまつり
爽やかなボーイズグループに交じって現れた三人組「SECRET GUYZ」

宝塚を思わせるきらびやかな衣装と、美しい歌声　蝶のような舞い……
なかでも一際目をひいたのが　黒髪ショートの映えた大希
大きな希望　と書いて大希……
神との接見後、目標を失っていた私のもとへ現れた希望の光、それが彼なのかもしれなかった
しかしその後のＭＣでさらに驚かされることになる
「ぼくたち、メディア初のイケメンおなべユニットです！」
うそ……でしょ……
死にそうに痛む胸　おかまがおなべに……禁断すぎる扉
しかし衝動は止められず　握手会に参列　高鳴る鼓動
そしてとうとう私の番が
「とても素敵でした。これからも、どうか応援させてください！」
「おっ、うれしい！　ありがとうございます！」
アリ　ガトウ……　カクカクした文字が　まるくなって胸に溶けていく

ありがとう……？　私にありがとうって言ってくれるの……？
そして染み渡ったその感情を噛み締めたあと、「この人を推そう」と　ハッキリそう思った
二〇一三年夏、恋したひとは、おなべでした

七月七日　日曜日
おなべ熱にうなされながら、今日は超特急のイベントへ。MCを務めるタクヤは、とにかく好き放題しゃべり倒すわ、人からマイクを奪うわ、うれしいとぴょんぴょん飛び跳ねちゃうわ、スポットライトの効果も相まってますます奔放なお姫様のように見えた。ああ、なんて美しいお姫様。私には許されない行為を平然とやってのけてしまうその姿を前にして、「うらやましい」と「許せない」の反復に翻弄されるのにも、もはや慣れてしまった。
イベントはまず、メンバーがテレビゲームで遊んでいる様子をただ眺めるというコーナーから始まったのですが、私と、隣にいたアラサーの友人は、激しく展開される3D画面についてゆけず、完全に取り残されてしまった。茫然としつつ「昔、男にゲーム貢いだこと思い出しちゃった」「私も。買ってあげたのに、遊んでるところ見せてくれなかったんだよね。他の女とやってたのかな……」等と言い合っていたら見事、二人して腹をくだしてしまった。私はなんとかギリギリのところで耐えたのですが、友人はイベ

ント終了間際になってトイレに駆け込み、やっと帰ってきたかと思ったら、「見たことのないものが出た」と報告してくれた。「なんだったたんだろうあれ。多分うんこじゃなかった」

七月八日　月曜日
「セックスがしたい！　セックスがしたい！」と叫び続けて見事、彼氏をゲットした友人・Mさんですが、昨晩ついにお泊まりデートを果たし、それなりに良い結果を残すことに成功したそうです。それを聞いて、おめでとう！　とまるで自分のことのように喜びましたが、詳細を聞き出すにつれ、気持ち悪くなってしまった。「う、きもちわる」とガッカリしてから初めて、Mさんのセックス話に笑いを期待していた自分に気がついた。

七月九日　火曜日
　引き続きMさんとセックスについて話していたら、ふいに「アヤちゃん、アヤちゃんだってセックスをしてもいいんだよ。アヤちゃんがセックスをしたら、きっと面白いよ」と言われ、偶然互いのセックスに「面白い」というワードを投影していたことに驚いた。ずっとセックスをすることに自信がありませんでしたが、べつにエロくなくて良い、美しくなくても良い、面白いというだけのセックスの形があっても良いのなら、こんな私でも出来るのかもしれない。エロはハードルが高いけど、笑いなら確実に取れるもん。思い切っていきなりうんことか食べてみようか。

七月一〇日　水曜日

ユースケ×タクヤ……通称「ユータク」コンビの妄想が止まらない。私はタクヤのような美少年になってユースケのような美少年に愛されたいのだ。

七月一一日　木曜日

ユースケのイメージカラーは黄色、タクヤのイメージカラーは緑なので、街を歩いていて、この二色が並んでいるのを見るだけでうれしい。例えばJR新宿駅のホーム、総武線のイエローと山手線のグリーンが並んでいる、「ユータクだあ♡」例えば文房具屋、イエローのノートとグリーンのノートが並んでいる、「ユータクだあ♡」例えば定食のサラダ、コーンとキュウリが並んでいる、「ユータクだあ♡」といった具合に、何を見ても幸せを感じられる。今日は、そのためだけにショッピングモールまで行ってしまった。そしてほぼすべての店舗でユータクカラーを見つけ出し、造花のヒマワリにすらはしゃいでいたのですが、不純なことをしまくった罰か、帰ろうとしたとき、駐車券のエラーで三万近い額を請求されてしまった。結局払わないで済みましたが、おかげで現実に引き戻され、視界が淡々としたものに戻りました。これがユータク以前の風景か、なんて思う。こんな世界の一体どこが楽しくて、今まで生きていたんだろう。

七月一二日　金曜日

ネットにアップされたすべてのユータク写真を収集し終えたので、近所の写真屋で現像した。最近はデータを入れたSDカードを店頭の機械にセットするだけで簡単にプリントできるようになっているのだが、お店にはその機械が二台しかなく、そのうちの一台をいかにも旅行帰りっぽいカップルが独占していた。若干ひるみつつ、平静を装ってとなりの台へ。SDカードを差し込むと、画面いっぱいにユータク画像が現れ、その夢のような光景にうっとりしつつ、片っ端からプリントしていった。

総勢八〇枚にも及ぶそれをプリントする途中、画面に現れた神経衰弱のミニゲームを何気なくやっていたら、普段はとても苦手なのに、なぜかバシバシと正確にカードを返していくことができ、やがて最高レベルまでクリアしてしまった。気がつくと隣のカップルが感心した目でこちらを見ている。いやな予感がする。そして案の定話しかけられた。

「ゲーム、お得意なんですか？」

逃げ出したくなるのをこらえつつ、余裕ありげに「ええ、旅行帰りですか？」なんて返してみる。すると、タイとかインドとかそういう系列の国へ、ひたすら写真を撮りにいくという、素晴らしくアーティスティックな旅行をしてきたというではないか。そう説明する顔が、なにか世界の真理にでも触れたような、森羅万象、この星のせつなさまで知ってしまったような、そういう旅好き特有のいやらしい様子をしていたので、ついそれを潰してやりたくなり、「私もカメラマンなんです」とつまらない見栄をきってしまった。おかげで写真見せてくださいよ！　みたいな流れになり、そんなこと言われたって取り出し口にはアイドルたちの写真しかないわけで、追いつめられた私が咄嗟に口にした言い逃れは、「プロなので、仕事用なので、お見せできないんです」だった。苦しすぎる。というかそもそもプロがこんなところで写真を現像するわけがない。思い返すだけで冷や汗の出る瞬間だった。

七月一三日　土曜日
ＤＩＳＨ//のイベントへ。超特急の弟分なのに、超特急よりも早くメジャーデビューの決まった彼らは、舞台セットもより豪華になり、パフォーマンスも文句のつけどころがない。なのに、なぜか退屈してしまった。
それに比べ超特急は、いつまで経ってもしょぼい舞台セットで、へんてこな歌とへんてこな踊りを踊り続けている。しかし私は、そんなどうしようもなさに引きつけられてしまう。
ＤＩＳＨ//に対しては、母性しか抱けないというのも大きい。まったりした仮想息子たちとの時間は、それはそれで幸せだが、超特急のぶつけてくる、猛烈なコンプレックスと性欲のほうが、ハイになれる。つまり私は、愛おしい息子たちを捨て、レールのない暴走列車に乗り込もうというのだ。お母さーんと泣きつかれても知らない。向かう先にはただ、不毛な疑似恋愛が待ち受けているだけ。

七月一四日　日曜日

昨日作ったお金が、チケット代とグッズ代として一瞬のうちに消え去ったので、またしても大人としてありえない経済状態に陥っている。しかし明日も超特急のイベントがあるので、どうしてもお金を作らなければならず、今日は部屋中の本をかき集め、古本屋へと売りにいきました。かなり大量だったので、運ぶだけでも相当つらく、暑くて倒れそうでも水すら買うことができない。一体なにをやってるんだろう。

七月一五日　月曜日

炎天下のなか、亀戸で行われた超特急の野外イベントへ。ただでさえ暑さで気が狂いそうなのに、そこに信者の熱気が加わり、会場周辺はオーブンの中のような灼熱と化していた。会場後方からは、冷たい霧がごうごうと噴出されていたが、まったくもって無意味で、それどころか信者たちからは「あれのせいで化粧が崩れた」なんて嫌味を言われる始末。そう、ここは戦場なんだ。アイドルの前でお化粧が崩れるくらいなら、熱中症で倒れたほうがマシ。ぐるりと会場を囲む建物は、コロセウムを思わせた。

通りがかった人たちは、熱中症のリスクを負ってまでアイドルを狂信する私たちの姿に、必ずといって良いほど苦笑するが、端から見て異様であればあるほど、私たちの信心はピンと張りつめて、ステージに延びていく。アイドルたちだって命懸けだ。お互い命を削って、ファンは残高まで削って、フラフラになりながら魂をぶつけあう。たとえその先でなにかを得られなくても、辿り着くゴールが更地でも、きっと私たちは叫び続けるんだろう。それぞれの信仰のために。

七月一六日　火曜日

朝、目が覚めると、頭が完全にユースケに占領されていた。とうとうやってしまった。とうとうアイドルに恋をしてしまった。

そういう気配は確かにあった。ユータク妄想をする時だって、視点はほとんどタクヤの側にあった。つまり私はいつだってタクヤという衣を纏って、ユースケに恋をしていたのだ。その衣をスポーンと脱いで、生身の私自身としてユースケのところへすっ飛んで行ってしまったのは、きっと昨日見たユースケがあまりにもセクシーだったせいだ。なんというか、つい先週までそこにいた、どこか乳くさいユースケは、完全に消えてしまっていた。あんなフェロモンを浴びせられたら……。相手は一七歳。しかもアイドル。どうしよう、人生がますますおかしな方向へ進んで行く。

七月一七日　水曜日
ファンコミュニティの現場では、アイドルに恋をしてしまった部族のことを「マジ恋」と呼び、禁忌を犯した罪人のごとく忌み嫌っているのだが、いざ自分がなってみるとよくわかる。こんなに苦しいことってない。身分違いは重々承知だし、希望がないことだってわかっている。むしろ成就なんて望んでいない。けれど、抱いてしまっている感情は間違いなく恋心なので、あてどころのなさが苦しい。
　タクヤ越しに、彼を見ていたころは平和だった。思えば私にとって、タクヤは無敵の艦隊だった。あれに乗り込めば、どんな戦にだって勝てる。生身の私ではとうてい近づけないユースケにだって、軽々近づくことが出来る。ひょいと翻弄することすら可能だ。そんな艦隊から降りるなんてとんでもないことだけど、急いで逃げ帰ろうにも、タクヤはもう、私が乗り込める艦隊ではなくなってしまった。だってタクヤ、いきなり「ボディーをパンプアップしたい」とか言い始めるんだもん。ムキムキの韓流スターに憧れちゃってるんだもん。そんな筋肉ムキムキのタクヤへは、「理想の自分」を投影できない。そういえば、今まで自己投影してきたアイドルたちも、散々乗り回して暴れたあげく、少しでも自分の理想から外れた途端、ポイッと道端に乗り捨ててきたっけ。つくづく、私は神に対して潔癖だ。

七月一八日　木曜日
ユースケは、以前好きだった男の子に似ている。やさしさ、おおらかさ、長男のせつなさ……。
あれは学生時代、本当につらい恋だった。貢いで貢いで貢ぎまくった挙げ句振られ、その間うっかり就活するのを忘れ、母親の期待を背負って通った美大の四年間を台無しにしてしまった。卒業後、彼はしれっと彼女を作り、その報告すら私にはしてくれず、今も幸せに暮らしているそうで（殺したい）、そんな惨めな思いをさせられた男そっくりな少年にまた恋をし、その相手役としてタクヤに乗り移ってユータクユータク騒いでいたのって、私なりのリベンジだったんだなあと思う。私はタクヤになって、あの悲恋をやり直したかったのだ。

七月一九日　金曜日
ユースケへの慕情の正体が、失恋した男子への未練だったことに気づいた私ですが、それだけでなく、さらにその男子が、限りなく父親に似ていたことを思い出し、ユースケ＝好きになった男子＝父親と繫がって行く図式に愕然とした。結局どこに行ったって、父性を乞う自分から逃げられないのか……。
かつて私に、鉛のような自己否定感と、醜形恐怖を植え付けた父親。もう一〇年以上も、まともな会話をしていない父親。たくさんお金を払って振り向かせようとしたのも、自分でない誰かになりきって近づこうとしたのも、恋心ではなく、ただひたすら、父に承認されたいという欲求の表れだったのかもしれない。アイドルたちは、こんなファンの思いを背負わされながら、どうしてあんなにも輝けるんだろう。

七月二〇日　土曜日
超特急ライブのため、渋谷タワーレコードへ。地下にある会場でギュウギュウ詰めになりながらユースケを見たのですが、やはりどう見てもかっこいいし、どこに移動しても目が合ってしまうような気がして、人がたくさんいるにもかかわらず、世界が私とユースケだけに絞られたような感覚に陥ってしまった。「Make it hot!」という、どう考えてもセックスを連想させる曲では、激しすぎる腰振りダンスを前に、まるで少女漫画のようにドッキ〜〜ンと胸を摑まれてしまい、一日中動悸が収まらず、身の危険を感じた。こうなると、もはや、なんか父親とか恋とか関係なく、単なる性欲なのかも、とか思えてくる。

七月二一日　日曜日
このまま突き進んだら破滅するに違いないというほど心が病んできたので、無敵の艦隊・タクヤへ出戻ることに決めました。
理想の私から外れ、パンプアップとか言い始めたタクヤに再乗する方法は、妄想力によって、都合の悪い現実を塗りつぶすことです。要するに、タクヤはパンプアップなんて言ってない。こういうこと。己の欲望のためになら、事実だってねじ曲げてみせる。

そういえば今日は選挙の投票日で、トラウマまみれの出身中学へ出向かなければならなかったのですが、どこを見ても悲しい、つらい思い出に溢れるなか、プールサイドに置かれたホースとタイルがグリーンとイエローで、ユータクカラーだったことに癒された。まさかあの地で、こんなふうに癒される日が来るなんて。改めて、ユータクは私の救いだ。一生手放すもんか。

七月二二日　月曜日

マジ恋という沼を這い出し、泥だらけのままタクヤという艦隊に帰還した私ですが、もう快適すぎて死にそう。沼の中では重く、エラー状態になっていたユースケへの恋心が、サクサク送信できてしまうこの感じ。これこれ、これこれ、これが無敵の戦艦・タクヤの乗り心地。タクヤとしてなら、誰にも怒られず、警察にも捕まらず、堂々とユースケとのデートを楽しめるし、花火にだって行けるし、神社の裏で同じかき氷を食べることだって出来る。私はまた、無敵になったのだ。唯一障害があるとすれば、ユースケを使った他のカップリングの存在。現在、ユータクと人気を二分しているのが「ユーユー」という、超特急リーダーのユーキとユースケのカップリングで、人気を二分、と言いましたが正直ユータク勢は押され気味で、それどころか四面楚歌かもしれず、大変な苦戦を強いられている。身が引きちぎれんばかりのユースケ争奪戦。互いの熱量は互角、それぞれの欲望を乗せた宗教戦争はまったく終わりが見えない。しかし、思えばこの人生において、こんなにも情熱を注ぎ、「絶対に勝ちたい」なんて意気込めたことなんて、これが初めてかも。この戦においては、私はどんなに人から憎まれたって良いと思っています。いつか決着が付くとしたら、それはアイドルたちがそれぞれ家庭を持ち、カップリング幻想を根本から否定したときだろうか。いや、それでも終わらないのか。もし終わったとしても、残された私たちはどうなるのか。淡々と次の戦に向かうのか。だとしたら、旅立つその前に、もはや戦友となったユーユー教徒と握手をし、互いにエールを送りながら散っていけたら、それはとても幸せなことなんじゃないか。

七月二三日　火曜日

マジ恋沼から這い出る際、しっかり泥を落とさなかったせいか、ふとした瞬間に香る泥のにおいが恋しくなり、またフラフラと沼に戻りそうになる。まさに今日も、昼間見たユースケのインタビュー記事があまりにも心配な内容で、ついフラフラしてしまった。

超特急メンバーには、それぞれ担当のキャラクターが割り振られており、例えばタクヤだったら「筋肉担当」、ユーキだったら「ドジっ子担当」といった感じなのですが、他にも「お父さん担当」「ガリガリ担当」「神秘担当」「末っ子担当」と続いていくなか、なぜかユースケだけはものすごく精神面に負担のありそうな「元気担当」で、真面目なユースケはいつも過剰にキャラを演じすぎてしまうらしい。先述のインタビューでも、「いつもお風呂で泣いている」なんて言っていた。おまけに、ブログでお薦めしていた曲を聴いてみたら、どう考えても詞のテーマが「自殺」でした。ねえユースケ、大丈夫？　もしかして死にたいの？

……と、マネージャー目線で色々考えていたら、どんどん「ユースケを守れるのは私しかいない」みたいな気分になって来たのだった。ギリギリのところでハッと正気に戻りましたが、だんだんこれがユースケの戦法なのかと思えてくる。沼というより、蜜の甘い食虫花だったのか。

七月二四日　水曜日

ドルオタ男性二人と、韓流モンスターのOさんと会合。同じドルオタでもまったく信仰のありかたがちがうらしく、男性二人は「グッズは普段使いするべし」とか、「ツアーはすべて巡るべし」とか武士道のような話をしていて、信心に自己愛が一切挟まれていなかった。

一方、私とOさんのアイドル信仰は、しっかりと自己愛に根ざしているせいか、しょっちゅうブレるし病む。ストイックで余裕のある男子たちの信仰から学ぶところはたくさんあるんだろうな……と、頭をユースケでいっぱいにしながら思う。もちろんその逆もしかり。いや、しからないか。少なくとも、私たちの話を聞く男性たちの顔は、どこか羨ましそうにも見えた。

七月二五日　木曜日

ユースケのキャラについて思い悩んでいた絶好のタイミングで、セルフブランディングについてのイベントに参加。私は主に、「ブスでニートのおかま」と自称していたときのことを話したのですが、今になって振り返るとそれなりに苦しかったなあと思う。

世間の期待に応えたい、応えなければ居場所はない。しかし、そうやって獲得した居場所に安住できることはなかった。当時の私は、ブスのおかまであるという現実を克服し、逆手に取って笑いを取るくらいの余裕が自分にはあると思っていたのです。しかし実際は、改めて人からブスだと笑われるたびに傷ついたし、ブスじゃないと否定してもらってもショックでした。まったく関係のない他人からいきなり「おかま」と呼ばれるのも苦痛でしたし、要するにまったく覚悟もなく、名乗った記号が放つ意味も把握しないまま、返ってきたリアクションに傷ついたという、なんともマヌケなお話です。

そんな状況に飽き飽きし、現在はほぼ一切ブランディングをせずアイドルのことばかり話しているわけですが、思考をノー加工で垂れ流すのもまた問題で、私はいま、確実に友人知人が減っているし、ファンだと言ってくれる数少ない人たちにも失望されています。どうしてこんなに極端なところに来てしまったんだろう。しかし私のことなんてどうでも良く、同じような悲劇をユースケが味わうかもしれないと思うと気が気でない。

大衆に元気キャラとしていじられるユースケを想像すると涙が出て来る。一体どうすれば、ユースケに架せられた元気印の十字架を叩き折れるのだろうか。

七月二六日　金曜日

我が家は今、大変なことになっています。スピリチュアル占術師の身内が、現在どうしようもないくらい経済状況が逼迫しているらしく、急遽私の母に金をせがんで来たのです。しかし、そこまでだったら割とどうでも良い話で、私もおしっこなんかをしながらふーんと聞いていたのですが、続く「だからね、貸しちゃったんだ、一〇〇万円」という母の告白に仰天して結石が出そうになりました。なぜそんなことを！

詰め寄った母の顔はまるで聖人のように輝いていて、それがどれだけの失態なのか説明してもまったく聞く耳を持ちません。案の定、ブログでは呑気に「これから映画を見てきま～す！」とか言っています。本当にどうしようもないというか、闇に溶けて消えた我が家の一〇〇万円を思うと本当にやるせない気持ちになります。その後友人に相談したら、「私の父親もこの間逮捕されちゃってさ～」と、人知を超えたエピソードが返ってきて、上には上がいるというか、下には下がいるというか、上下左右のわからない空間でフワフワ浮かんでいるような気分です。

七月二七日　土曜日

スピリチュアル占術師の娘が泊まりに来ることになり、色々とここ数ヶ月の動向を探ってみたのですが、やはり経済的破滅へのスイッチを押したのは叔母のスピリチュアル依存（この春サロンをオープン）らしく、彼女は「ありのままでいい」という大天使ミカエルからのお告げを誤読し、自己正当化の手段として行使しはじめたらしく、気の趣くままに車を買い替えたりしているそうです。あげく貯金もなにも使い果たし……。そういえば以前ブログで、高級なパンを三〇個も買ってしまったとか言っているのを見て、「止めてやれよミカエル」なんて笑っていたのですが、よく考えたら私、全然笑えない。同じだよ。私だってスピリチュアルとアイドルの依存コンボでCD四〇枚買いとかしてるじゃん。聞くと彼女も、たまに「私、おかしいのかな」と漏らすことがあるそうで、それでも止まらぬ彼女の暴走に、私の胸まで痛んでくるようだった。規模も深刻さも違うけど、彼女の見ている景色や絶望がまったく想像できないわけではない。私と彼女の地獄はきっと繋がっている。

七月二八日　日曜日
　友人から「自分と向き合うって苦しくないか」と訊かれた。しかし、本当に向き合っていたらそもそもアイドル依存なんかしないわけで、もし私に客観性があるとしたら、それは何もないところから必死にひねり出した、インチキで粗悪なものであるに違いありません。そうして自分を縛っておかないと、どこまでも飛んでいってしまいそうで怖い。先日スピリチュアル占術師の身内と話をしていたときのこと。グレーがかった彼女の目は死者のように透き通っていて、「ラリッちゃえば楽しいよ」と手招きされているような気になった。
　私は出来ればどうかこのギリギリのバランスで生きていきたいと思っているのだが、彼女は、そんな中途半端な私を軽蔑に近い気持ちで見ている気がする。いつかポチャンと落ちてしまう自分を想像すると怖くてたまらないが、気持ちよさそうだ、とも思っている。

七月二九日　月曜日
　数日前から急にユースケによる過剰なユータク供給が始まった。発信源は主にブログで、例えば「超特急の中で付き合うならタクヤですっ！」とか「タクヤが可愛いすぎて東京が爆発しますっ！」など、たくさんリップサービスをしてくれるのですが、ウオーーッ！　とはしゃいでいられたのは最初のうちだけで、ここ数日はすっかり食傷気味になり、今日に至っては絶望すら感じている。
　どういう絶望かというと、白シャツに黒髪がよく似合う、清楚なイメージの美少年が、いきなり金髪とシルバーアクセで固めて来てしまったような……もしくは、ひなびた雰囲気が話題の観光地が、まったく見当違いなギンギンの振興施設を建ててしまったような、そんな感じ。優しいユースケのサービス精神が、かえってユータクの、もとい、私の世界をブチ壊しにしてしまったのだ。私が思うに、ユータクとは、ふと撮られた写真や、ふとした仕草からほんのり香るものだった。指摘したら壊れてしまいそうな、和菓子のように繊細な魅力を持つ二人だからこそ、見えない部分を想像するのが楽しかったし、そこに文学性すら感じていたのだ。なのに、なのに……。

バラバラに打ち砕けたユータク神殿を前に、私は今、立ち上がれないでいる。この損失って、きっと森や、沖縄のサンゴよりも修復の難しいものだと思う。

七月三〇日　火曜日

国産アイドルの品質を信じられなくなった私は、久々に韓流の門をくぐった。かつてドハマりしていたSHINeeというグループで、ユータクと同じように信仰していた、ジョンキー（ジョンヒョン×キー）というカップリング。

様々なサイトを巡ってチェックすると、彼らは以前にも増してラブラブになっており、営業にも本物にも見えるプロのサービスは、これぞ韓流と唸らずにいられないほど上質なものだった。あっけなく崩れたユータク神殿は、繊細というか単なる欠陥物件だったのかもしれない。

しかし一方で、そんな韓流の満足度を退屈だと思ってしまっている自分もいて、かつて韓流から飛び出した理由もそれだった。なんだか、あまりにも満たされると途端につまんなくなってしまうのだ。その点、ユータクが私を満たすことはない。それどころかしょっちゅう私を発狂させ、生きる気力まで奪うのだが、それが妙に心地よかったりもする。と語りながら、さっそくボロボロのユータク神殿へ戻る荷造りを始めていたりする。この間知人から、「カップリング妄想で失恋のリベンジとか、アイドルに父性を投影して追いすがってるとか言ってましたけど、あれって単に破滅を楽しんでるだけだと思いますよ」と言われたことがあり、その時はふーんとか聞き流してしまったのですが、本当にその通りなのかもしれない。私はアイドルや恋ではなく、そこで生まれる破滅に依存していたのか。

七月三一日　水曜日

スピリチュアル占術師一家がますます大変なことになっている。

叔母はおもいっきり渦中にいながら、依然スピリチュアル畑で思考停止に陥っており、「すべて必然」とロボットのように繰り返すばかりで話し合いに応じない。台風の眼の中にいるみたいだ。そんな叔母を見て、思いっきり罵ってやりたい気持ちもあるのだが、ここ数年で叔母一家に降り掛かった災難を思うと、なにも言えなくなってしまう。もともと彼女は、仕事柄心理学に造詣の深い人だったが、ある瞬間からどう突き詰めても解決しない現実にぶち当たったらしく、急にスピリチュアル方面に舵を切ってしまったようだ。直接叔母からそう聞いたのではありませんが、ある日ふと見た叔母の本棚から、その変遷が窺えたので、勝手にそう判断しました。あの本棚の生々しさはさながら事故現場のような悲壮感を放っていて、視界がグニャグニャに歪んでいくような、感覚を私にもたらした。

叔母にとってスピリチュアルは、「もう知らない！」という、母でも妻でも嫁でもない、素の彼女がようやく放った叫びなのかもしれない。

どうして私ばっかり負担を背負わなくちゃいけないの！　誰が私を救ってくれるの！　追いつめられた彼女に、まるで死神の如く近づき、耳元でそっと思考停止の呪文を囁いたスピリチュアルは、どれだけ救いをもたらしたんだろう。

自分に置き換えたとしても、きっと同じ道を辿っていたと思う。いや私だけじゃない、彼女の迷走を笑える人なんて果たしているのか。

八月

八月一日　木曜日
久々にたくさんの人とお会いしたのに、行く先々で超特急のことばかり話してしまった。それも、会話の流れや空気をぶった切ってまでねじ込むうえ、ただ言いたいだけで話を一切膨らまさないので、私が発言したあとは大抵ゴクッと気まずい沈黙が流れた。最後の飲み会で唯一ドルオタだったKさんも最近同じような思いをしているらしく、帰り道で二人きりになった瞬間、堰(せき)を切ったようにアイドル話が止まらなくなり、靖国通りで泡を吹いた。この感じ、子供を生んでから独身友達と話しづらくなっちゃってえ〜みたいなのと似ている。アイドルにハマってから、アイドルにハマってない人たちとのコミュニケーションの取り方がまったくわからないのだ。こうやってオタクってだんだんと密教化して、外の情報がまったく得られない、信仰の繭みたいなものを作ってゆくんだろうか。ほんわかした繭の中で、私たちは一体なにに成長するのだろう。

八月二日　金曜日

　超特急イベントに向け、タクヤが「ウルトラマンギンガ」で使用しているおもちゃを買いにいった。タブレット端末が銃に変形！　という欲張りすぎるデザインが、まるで唐揚げとハンバーグがセットになった御膳みたいでかわいい。しかし、何気なく説明書を読んでいたら、「ボタンを押すと銃声が鳴るよ！」という一文に動揺してしまった。そっか、これ武器なんだ。男の子たちの持っている欲望ってなんだろう。もしくは、男の子が持つべきものとして社会が植え付けている欲望ってなんだろう。女の子向けのおもちゃだって、赤ちゃん遊びとかおままごととか、洗脳みたいで気持ち悪い部分はたくさんあるし、いわゆる戦闘アイテムだってあるけど、それは大抵宝石まみれでピッカピカのステッキとかだし、なにより、女の子たちは男の子向けの遊びだって出来るのだ。なのに、その逆は叶わないところが、男の子たちの持っているせつなさなんじゃないか。幼稚園時代、私がおかまとしてからかわれ、ままごとセットを剝奪されていたうしろで、こっそりとおままごとを夢見ていた男の子がいたかもしれない。クリスマス、グレーのミニカーをおねだりしながら、本当はお人形がほしいと願っていた男の子がいたかもしれない。男の子って、男の子ってなんだろう。

八月三日　土曜日
ユータクに萌えるつもりで超特急のイベントに行ったのですが、光に包まれながら出て来たユースケがあまりにもセクシーで、一瞬でマジ恋モードに引き戻されてしまった。今回はウルトラマン関係のイベントだったので、客席にはちらほら子供がいたのですが、そんなことお構いなしに叫ぶ。アイドルたちも女たちの叫びに呼応するように、激しく腰を突く。
「ぎゃあああ〜〜〜〜〜っ!!」
終演後は、超特急とハイタッチしながら会場を出ることになっていて、するする進んでいく列はジェットコースターのレールのようだった。辿り着いたユースケの笑顔はその頂点。一瞬だけ触れ合う私とユースケの手。全感度を集中させる。やがてハイタッチが終わると、今度はガクンと、極めて直滑降に、レールのない、果てのない闇へ超スピードで下っていく。接触後の落差はそれほど激しく、私を病ませる。同じくユースケ推しの友人と支えあって「人」という字になりながら、フラフラと居酒屋へ向かった。しかし、機能不全家族の話をしても、国際問題の話をしても、すべてがユースケに結びついていった。原発問題すらユースケの話になった。最終的には、もはやユースケは実在しないいんじゃないかということになり、共通の幻覚を見ている私たちを繋ぐキーワードは、父親との問題だった。すべてはそこへ還っていく。

八月四日　日曜日

アイドルのせいで病んだり、親族のせいで気を揉んだりする日々のなか、セーラームーンだけが私の支え……というわけで、今日は新作ミュージカルの制作発表会を見に行った。今回のミュージカルはオール女性キャストで、隙あらば男を見たいと思っている私は少し残念に思っていたのですが、生で男装キャスト陣の麗しさに触れたら、女子の夢を叶えられるのは女子だけなんじゃないかと思えてきた。性欲に根付きながら、性欲として発散することの出来ない、もっと乙女チックでタチの悪いロマンチックラブという欲望を、彼女たちは晴らしてくれる気がする。となると、行き着くところは……宝塚？

八月五日　月曜日

Sさんに、ここ最近の親族話を笑って貰おうと呼び出してみたところ、あまり乗って来る感じがせず、おかしいと思っていたらいきなり「彼氏が出来た」と切り出されてびっくりした。気が狂いそうになった。こんな返り討ちがあるのか。

おそるおそる詳細を聞くと、相手は婚活パーティーで出会った年下のロシア人男性だそうで、写真を見せてもらったところ、庵野秀明監督にそっくりな、けどまったく才能のなさそうな男が少し照れた顔をして写り込んでいた。風立たず。

ホッと安堵し、さらに話を聞いてみることにした。交際のきっかけは、そのパーティーの最中、北朝鮮の話題で盛り上がったことだそうで、「こんなに北朝鮮の話が出来る女性は初めてだ！」と感激された次の瞬間には交際がスタートしていたそうだ。

Sさんはもう幸せの絶頂という感じで、見ていて微笑ましいくらいだった。なのに、それでも話がおもしろかった。私はそこにショックを受けてしまった。そんなSさんの前では、私の提供した、人間の不幸を煮しめて出来たような親族トークなんてまったく歯が立たず、ここ数年、不幸であればあるほど人として面白みが増すと思っていた私は、脳天を撃たれたように動けなくなってしまった。こうなるともはや、不幸＝おもしろいという私の過信が、幾多の悲劇を生んで来たのではないかとすら思えてくる。けど、おもしろいと思わなければやってこられなかったのも、また事実だ。

八月六日　火曜日

風呂上がり、キンタマがかゆくて死にそうになる。なんとかこの状態を打破しようと、力の限り掻きむしり、痛みへ逃げようとするのだが、強靭なかゆみはまるで折れず、慄然とそこに居座り続けるのだった。負けじと掻きむしっていると、まるで自分がロッカーにでもなったような気がしてくる。目指すゴールが痛みというのも、そこはかとなくロック。ギャギャギャギャギャン！　私はいっそ山田かまちのように、電撃に倒れてしまいたかった。

しかし、かまちのようにはいかず、とうとう薬局へ駆け込むことに。特売の軟膏を買った。インキンを発症して以降、色々な薬を試してみて、結局これが一番効く。スースーとした爽快感でかゆみを吹き飛ばすというもので、風呂上がりに塗ると良いらしいのだが、つい耐えきれず風呂に入る直前に塗ってしまい、なにも知らずに湯船に浸かって飛び上がった。強烈なスースーにお湯って、火傷みたいなことになるんですね。キンタマはみるみるドス黒く変色していった。見たことはないが、トドが死んだらこういう色になるんだろうという感じ。なにか明確に、死の香る色だった。

八月七日　水曜日

すべての予定をキャンセルし、皮膚科へ。女医しかいないその皮膚科へは、去年インキンが悪化した時にも訪れたのだが、あまり股間周りのことでこの病院を訪れる男性患者はいないらしく、やたらと気を使われてしまった。けど、確かに私も性器って異性に見せるほうが抵抗があるかもしれない。男は男でイヤなのだが、なぜか女性のほうがもっとイヤで、きっと仲間でありたいと必死にしがみついている女子たちから、「お前は男だ！」と摘発され、排除される恐怖なのかもしれない。
　かといって、女の子として扱ってほしいわけではないし、女の子になりたいわけでもなく、どちらかというと、男の子になりたくないという願望なのかも……？　ああ、きっとそうだ、私、女の子の前で男の子になりたくないんだ。だから、どこかおかまでありたいと、意識している自分がいる。「おかま」は私の衣なんだ。

八月八日　木曜日
　最近仕事を始めたキュートな男性編集者、彼は私のことを「アヤくん」と呼んでくれる。もちろん頼み込んで呼ばせているのですが、こんなこと、アイドルだってしてくれないのに……と思うとたまらず感激して、お金を払いたくなる。というか、お金を払って「これはパフォーマンスである」と思わないと、本当に恋してしまいそうで怖い。
　ちなみに今日は締め切りだったのですが、ときめきすぎて照れてしまい、ちっとも原稿が送れなかった。まるで出せないラブレターのように。それでさっき「書けないなら相談してほしい」と連絡が来たのですが、そういうんじゃないもん！　と赤面してどこかに駆け出したかった。まったく仕事にならない。

八月九日　金曜日

部屋のなかに埋もれている資料が急遽必要になり、色々引っ掻き回していたところ、いきなり喉がかゆくなり、目もかゆくなり、鼻水が止まらなくなって、挙げ句インンキンの症状まで出た。ハウスダストです。私はみっともないことに、自室でハウスダストにやられてしまったのだった。思えば、コレクションしているおもちゃの日焼けを防ぐために一年中雨戸が閉まっていて、換気もしないし、ゴミも捨てないし、これで埃がたまらないわけがない。そのうえアイドルに熱中するあまり、最近はすっかりおもちゃたちの存在を忘れており、久々に見たら随分と劣化していて、申し訳ない気持ちになった。これって不思議なのですが、物って常に視線を行き届かせていないと、たちまち傷む。具体的に手入れをするというより、「愛してるよ、大切にするよ、宝物だよ」という姿勢が肝心な気がします。きっと昔の人が言ったとおり、物には魂があるし、存在する限りは愛されたいという性質なんだろう。

とすると、私のインキンやハウスダスト症候群も「愛されない」ということに対するストレスの表明かもしれないな、と気付いたところでどうしようもないその符合に、全身をボリボリとかきむしりながら世界を呪うしかなかった。

八月一〇日　土曜日

超特急のイベントへ。今週もウルトラマン関連のイベントだったので、子連れの参加率が異様に高く、至るところで赤ちゃんがバブーとか泣いていた。しかし、壇上でいやらしく腰を振るユースケと、無垢な赤ちゃんの笑顔がセットで視界に入ってくる威力は凄まじく、それは言わば性欲と母性のコンボだった。ふたつの欲望を同時に揺り動かされた私と友人は高ぶり、「産まれるーーーっ！」とか「産ませろーーーっ！」などと絶叫。終演後はグッタリと汗にまみれて本当に産後のようだった。しかし、すぐさま現実とのギャップがつらくなり、どうしようもなくなって過食する流れに。

まず、池袋の路地裏にある、ちょっと話題のトマトレストランに行った。理由はユースケが最近トマトにハマっているから（ブログ情報）。店内は死ぬほど狭く、トイレの芳香剤がキツすぎて味がまったく感じられなかったが、それでもパスタや肉をガンガン摂取し、店を移動。もんじゃ焼きとお好み焼きを過食した。そしてビール。さらに一人で牛丼を食べ、まだまだ足りない……と電車で帰る途中、椅子に腰掛けてちょうど目線の高さにあった、全く知らない男性のふくらみにパクッとかぶりつきそうになった。

八月一一日　日曜日

妹はブラック企業に勤めていて、一刻も早く転職をしなければ殺されそうな勢いなのに、父親は転職に反対で、「会社なんてどこもそうだ。俺だってそうだ。甘ったれるな」と、まるで「俺だって我慢してるんだからお前も我慢しろ」とでも言いたげだった。妹は根が真面目なタイプで、転職に対する罪悪感を人一倍持っており、どうかそんな風に言ってやらないで欲しいと思うのだが、逆に言えばついそんな風に言ってしまうほど、父親が職場で背負わされているストレスも重いということなのか。「俺だって逃げたいよ。なんで俺は逃げられないいんだ」すっかり諦めていた絶望を、ひょいと打破していく人がいる。やめてくれ、また希望を持ってしまうではないか。お願いだ、どうかそんなことをしないでくれ。君の希望は、俺の絶望になるんだ。

父親も妹も、両方一気に救われる手だてなんて、きっとこの国には無いんだろう。

八月一二日　月曜日

旅行へと出発する両親を見送ったあと、祖父が毒々しい、まだら模様の羽根をまとった化け物に変態した。やつは奇妙な色の鱗粉(りんぷん)を撒き散らしながら、延々と嫁の悪口を吐き続ける。主に料理のことや、生活態度、冷蔵庫の中身のことなどを止めどなく連発するのだが、内容よりもまず、わざわざ私に聞こえるように言うその悪意に参ってしまう。彼らにとって孫という生き物は、息子への愛おしさと、嫁への憎々しさを半分ずつ搭載した、極めて複雑な存在なんだろう。愛おしそうな視線のすぐ裏に、鬼の面が隠れているのをいつもいつも感じながら生きてきた。

家って本当にこわいところだ。

八月一三日　火曜日

新宿のカフェで仕事をしていたところ、信じられない情報が飛び込んできた。

「SHINeeが、これから新宿でゲリラライブを行うらしい」

しかも会場は、私のいるすぐ目の前、アルタ前広場。脚が震えた。運命だと思った。SHINeeは、超特急に出会うまえに好きだった韓流グループで、もう半年近く活動を追っていなかったのだが、よりによって、目の前に現れるなんて！

カフェを飛び出すと、すでに大勢のファンが集まっており、本当にSHINeeは来るのか？　とざわめいていた。確証はないが、来るに違いないと思った。だって、肌が、毛穴が、「来る」と叫んでいる。絶対、彼らはここに来る！

炎天下、三時間ほど彼らを待った。水が飲みたい、汗をふきたい、頭痛がする、吐き気もする……。その場にいた全員の命がダメージに軋んでいた。けれど、ここから立ち去るわけにはいかない。なぜなら、私たちは信者だから。ここに立ち続けることが、信仰の証だから。

私は熱中症で座り込みそうになるのを耐えながら、組み立てられていく仮設ステージを仰いだ。すると一瞬、巨大セットを覆っていたブルーシートが風でめくれ、そこにキー君の写真を発見。半年ほど放置していた回路に、ビリリと電流が通った瞬間だった。やっぱりキー君が来るんだ、ここに、すぐ目の前に！

気がつくと、数百単位の人がアルタ前広場を覆っていた。それらしき車が通るたびに歓声が起こる。全員の意識が張りつめ、今にも暴走せんばかりの熱を放ち始める。神々の到来はまだか。どんな顔して受け入れようか。

色々考えていたが、いざ現れたSHINeeを前にした私は、すべての思考を失い、ひたすら泣き叫んでいた。

「キー君〜〜〜。ごめんね〜〜〜」

はじめて数メートル先に見たキー君は、それはそれは美しかった。しかし、美しければ美しいほど、この半年間、彼を忘れていた罪悪感が苦しかった。ねえキー君、私もう、決してあなたを捨てて、他の男のところへ走ったりしない。今度こそ、私はあなたになる。あなたの白い肌も綺麗な首も、ぜんぶ私のものにしてみせる。それが叶うまでずっと、私はあなたを狂信し続けよう。だってあなたは、私の理想のお姫様だから。整形でもなんでもしてあなたになってみせる。それが私の信仰のゴールだ。

ヒートアップし、煙を上げ始めた思考に恍惚としながら、私は再び韓流という激流に飛び込んだ。

八月一四日　水曜日
頭がポーッとする。動画巡りが止まらない。つい顔がほころぶ。それは韓流という熱病に冒された証だった。たった一人で熱を持て余した私は、Mさんを同じ地獄に引きずりこむことにした。なぜかというと、寂しかったから。この一点に尽きる。よく幽霊が恋人や友人に手招きするという話がある。「なんで大切な人たちを道連れにするんだろう?」と謎でしたが、気持ちがわかりました。「寂しい」それだけ。それだけで人は、どこまでも利己的に、暴力的になれてしまうんです。

というわけで、地獄の淵から韓流招致をスタートさせたのだが、少しやりすぎてしまった(四時間以上一方的に語り続けた)らしく、電話を切ってしばらくしてからメールが来て、

「あなたと友達でいるのがつらくなりました。しばらく距離を置かせてください」

と言われてしまった。後悔した。なんであんなことをしてしまったんだろう。

八月一五日　木曜日

Mさんに絶交されてもなお、韓流熱は収まらず、明け方にパンダの着ぐるみを着たキー君の画像を見たときは、可愛いすぎて泣いた。泣くだけでは足らず、転がっていたクッションをくわえて「ウーッ!」とも叫んだ。キー君に感じる愛おしさは、泣いたり叫んだりして外に逃がさないと、たちまち身を焼かれてしまう。と、なんとなく窓の外を見たら、異様な黒煙で満ちていて、ビックリして外に出てみると、なんと隣家が燃えていた。私の韓流熱が飛び火したのかと思った。タバコの不始末が原因だったそうですが、重度の責任感に駆られ、積極的にバケツリレーに参加。神様ごめんなさい……と祈りつつ、轟々と燃えさかる炎を見ながら、この期に及んでSHINeeの「Fire」という曲を連

想している自分が情けなかった。

八月一六日　金曜日

久々に韓流仲間たちと集まり、新大久保へ行ってみたところ、金曜の夜だというのにどこも空いていて、「きっと夏休みだから」とか色々理由を探してみたものの、どう考えたって街の衰退だった。ほんの少し目を離した隙に、こんなことになってしまうなんて……。一時期の新大久保は、ちょっと怖いくらい欲望に満ちていて、もしかしたら街そのものが放っている空気かと思っていたのですが、こうして人が減ってみるとわかる。あれは、私たちが作っていた空気だったんだ。私はこの街そのものではなく、この街に集った熱狂が好きだったんだ。

活気の無い新大久保はせつなかった。

八月一七日　土曜日

韓流熱が再発して以降、超特急についてわざと「飽きた！」と言いたくなっている。なぜわざわざ言いたくなるのかというと、きっと超特急ではなく、超特急に熱狂していた頃の自分自身を否定したいからだと思うが、なぜそうしたくなってしまうのかがわからない。思えば交遊関係においても、私は次の環境に移ると、それまでいた場所を過剰なまでに否定したくなる傾向があり、おかげで長く続いている友人というのが一人もいない。一日使って色々と考えてみたが、いまいちピンと来る答えが出ず、今も悶々としている。なぜ私は、自己否定を積み重ねることでしか前進できないいんだろう。

八月一八日　日曜日

だんだんと気持ちが病んできた。きっかけは、キー君がコンサートのMCのなかで「一〇〇〇年後には全員ミイラになっている」と発言したことだった。ほんの笑い話だったはずだが、一〇〇〇年後にはキー君も、ミイラどころかサラサラの砂になって、まっさらな大地に同化しているんだろうと思うとたまらなかった。こんなに可愛い生き物ですら、形を失うんだ。神はなぜ、キー君にまで寿命を設けたんだろう。なぜキー君が死ななきゃいけないいんだろう。

改めて書き出してみると本当にバカバカしいが、同じく韓流オタクの友人も相当狂っていて、私がネット上で彼女のハマっているグループについて言及しただけで「お願い！　名前を出さないで！　これ以上、人気が出てほしくないの……」という連絡が来た。どうかしている。どうかしているが、韓流という欲望の海は、こんなふうに人間を溶かす性質にあり、気がつくと周りの韓流オタク全員が、ドロドロと人の形を失いかけていた。韓流の苦しさは、それでも岸へあがれずに溺れ続ける苦しさなんだと思う。絶え間ない情報と画像の供給……。

一方、超特急の現場で感じたのは、それとは対照的な、砂漠で日照りにされながら、延々とオアシスを夢見るような苦しさだった。その時は、溺れるほどの激流に翻弄されたいと思っていたのだが、結局はどちらも地獄だ。見渡す限り、今の私の世界にはこのふたつの地獄しか存在しないので、ひたすら反復する以外の生き方しか出来ないのかもしれない。

八月一九日　月曜日

現役剛にゃん信者のSさんに誘われ、映画『ガッチャマン』の試写会へ。正直あまり期待はしていなかったのだが、いかにも戦隊っぽいコスチュームをまとい、一生懸命に悪と戦う剛にゃんを見ていたら、気がつくと感動して泣いていた。剛にゃんが倒れたり、殴られたりするたびに本気で敵を恨んだし、剛にゃんが笑顔の時は、つられて私も微笑んだ。

元々剛にゃんに抱いていたのは、キー君やタクヤと同様、理想の自分としての信仰心だった。しかし、剛にゃんはあこがれのお姫様として玉座に座らせておくには、あまりにも危なっかしすぎる存在だった。トーク番組に出た時は貧血で汗だくになってしまうし、インタビューだっていつも的外れなことばかり言う。そして滑舌もあやしく、ガッチャマンの劇中でも「パソコン」を「パスコン」なんて言っていた。そんな剛にゃんを見ているうち、私の剛にゃんに対する気持ちは、だんだんと母が子を想うそれのような形に変容していったのだった。

一方Sさんは、一体なぜ自分が剛にゃんを狂信しているのかハッキリと掴めないらしく、舞台挨拶に現れた剛にゃんを前に複雑そうだった。私はその横顔を先輩ママのような気持ちで見守りつつ、舞台上の剛にゃんの声に耳をすませる。剛にゃんはスべりまくっていた。

八月二〇日　火曜日

お台場での取材帰り、ゆりかもめに揺られていると、途中で乗ってきた男が突然目の前にいた男の腕を掴み、「てめえ！　やっと捕まえたぞ！　この犯罪者め！」と怒鳴った。車内は緊迫し、シーンと沈黙したままゆっくりとレインボーブリッジを通過。男たちのすぐ後ろにいた私は命の危険を感じつつ、じっと聞き耳を立てており、どうやら捕まった男は詐欺師で、捕まえた男がその被害者らしかった。「てめえ、逃げたら殺すからな……」と凄む被害者はまるで鬼のような気迫を放っていたが、それよりも、そんな言葉を淡々と聞き流す詐欺師のほうが圧倒的に恐怖だった。ガラスの反射越しに顔を見たら、目がビー玉みたいに澄んでいた。

新橋に着くと、詐欺師は案の定抵抗し、凄まじい勢いでピューッと駆けていった。「待てこのヤローーッ！」被害者が追う。その後ろを、なぜか私も追った。そして改札の外で、はげしく揉み合いになる男たちを漫然と眺める。なぜなら、ゆりかもめ内で与えられた恐怖の分だけ、こいつらを娯楽として消費してやろうと思ったからだ。しかし、余計なことをした罰か、ふいに目が合った瞬間、「すみません、警察を呼んでください！」と頼まれてしまい、「えっ、えっ」困惑しつつ一一〇番を押すはめに。それから一〇分ほど待ってパトカーが到着してから、「犯人はこちらです！」と誘導する係までを、なぜか私がやった。

八月二一日　水曜日

近所のショッピングモールへ買い物に行ったら、家族連れが異様に多く、当たり前に「なんでだろう？」なんて思ってしまった。ここ半年間、超特急を追いかけて関東中のショッピングモールを巡っていたせいで、どうもショッピングモール＝自分たちの場所だと勘違いしていたようだ。

彼らに出会うまでは、ショッピングモールって怖いところだった。フェイスブックなんかよりもずっと、生活の明るさや、人生の明るさを見せつけられる場所で、トイレにすら居場所がないような気がしていた。いればいるほど、孤独に押しつぶされそうだった。それが今はこの調子なんだから、アイドルが与えてくれるものって本当に大きい。私は改めて彼らに感謝しつつ、子連れまみれのフードコートで一人、うどんを食べた。その背中を、誰かに見てもらいたい気持ちでいっぱいだった。

八月二二日　木曜日

一日中ネットを旋回してジョンキー画像を漁っていたら、すごいものを見つけてしまった。それは、あたかも二人がセックスをしているかのように合成した画像だった。韓国の女子たちは、日本の女子以上に性的な抑圧を受けているからか、バーンと解き放たれた時のパワーと、生み出すものの熱量が凄まじい。対する日本の女子たちは、もっと直接的でない表現で、じっとりと妄想する能力に長(た)けている気がする。そんな二国の女子たちの欲望に浸かりながら、見えてくるのは平和の二文字だった。

八月二三日　金曜日

今日は池袋でタクヤの握手会が開催されることになっていたのに、韓流という激流に流されて、とうとう岸に上がることが出来なかった。遠ざかって行くタクヤの笑顔。私は溺れながら、なんとか岸に近づこうともがくのだが、ますます水流に翻弄されるだけで、クルクルと空回りする身体が虚しかった。

八月二四日　土曜日

韓流繫がりの友人と新大久保で豪遊し、何気なく入った韓国料理屋で心臓が止まりそうになる。すごく、すごく可愛い男の子がいた。何歳くらいだろう、なんとなく学生っぽい感じがするが、わからない。わからないが、とにかくめちゃくちゃ可愛い。店内には、他にも何人かイケメン店員がいたのだが、彼は、圧倒的になにか摑まれる感じがし

た。なんだ、あの子は。どうしてあんなに可愛いんだ。見ると、友人もその子に釘付け
になっていた。ど、どうしよう。話しかけてみたい。
　周りの女性客は、それぞれターゲットの店員と絡み、楽しそうに談笑していた。しか
し、私たちはどう動けば良いのかがわからず、三時間くらい悶々としていたら、完全に
怪しまれてしまった。明らかに私たちのテーブルにだけ、店員が寄り付かない……。発
狂しそうになった私と友人は、テーブルにおかれていた占いマシンで今日の運勢を占う。
すると私が凶寄りの吉で、友人が凶だった。それでもなんとか彼を捕まえ、オーダーを
してみるのだが、すごくそっけない。完全にやばいやつらだと思われているに違いなか
った。せっかく台本まで作って、念入りに会話を膨らませようと画策していたのに！
やりきれない悔しさに、友人が私を殴る。私は友人の靴下を引っ張る。地獄だった。気
がつくと頭がボサボサ、服もヨレヨレ、終電はギリギリになっていた。

　最後の望みをレジにかけることにする。なんとしてでも彼の記憶に引っかかりたい。

「あの、領収書をください」

「はい。わかりました。宛名はどうしますか？」

「……株式会社……a-vex でお願いします」

　友人がビックリして私を見る。私も自分にビックリする。しかしそれ以上にビックリ
していたのは彼だった。

「エイベックス！　すごいですねえ！」

「はい、そうなんです。実はＫ－ＰＯＰ関連の仕事とかやってまして……」

また嘘がこぼれてしまった。

「へえー！　すごい！　すごい！」

「ずっと見ていたんですが、イケメンですね。歳はおいくつですか？」

「ハタチです！　大学生です！　名前はＡって言います！」

「そうなんだ。ちなみに来週ってシフト入ってますか？」

「はい、ぼく、土日はいつもいます！　またぜひ来てください！」

「わー、じゃあ来週また来ますね！」

「はい！　お待ちしています！」

店を出るなり、友人に責められた。なんて嘘をついてしまったんだ。私もそう思った。けれど、素の自分なんかでは、とても対等なコミュニケーションなんて取れるはずがなかった。しかしだからと言って、身分を詐称し、個人情報まで聞き出してしまった罪は大きい。見せてくれた笑顔が美しかっただけに、余計に胸が痛む。

「これからどうする？」

「どうするって……また来るしかないよ」

「土日どっちにする？」

「どっちも来よう」

「だよね……」

私はポケットに罪を押し込み、蒸すような路地裏をふらふらと歩いていった。

八月二五日　日曜日

昨夜起きたことを処理しきれず、発熱。頭がガンガンに痛むなか、友人に連絡して状況の整理をする。彼はハタチの大学生で、土日は新大久保で働いている。名前はA……。軽い気持ちで調べてみると、やはり私たちのような客が何人か存在するようで、愚かな信者が世界にたった二人でなかったことに、まずは安堵した。それから嫉妬のようなものが湧き上がった。恋なんだろうか？　わからない。どちらにしろ、私は、史上最悪の外道に堕ちてしまったようである。恐ろしいが、もう進むしかない。だって彼、めちゃくちゃ可愛かったんだもん。

八月二六日　月曜日

あれからまだ二日しか経っていないのに、私の脳裏からはAくんの面影がほとんど消えてしまった。唯一覚えているのは、隣のテーブルで接客中に見た小さなお尻と、猛烈な胸のときめきだけ。声、顔、髪型、身体と順番に記憶が薄れて行き、最終的にお尻だけになっていく過程はせつなかった。恋した男の子の面影は、どうしてこう簡単に消えてしまうんだろう。持て余したときめきが、指の先からこぼれ、ひとりでにAくんの名前を検索させる。いたって素朴な名前。レジ前での会話を思い出す。

「お名前はなんと言うんですか？」

「Aです」

「あ、じゃなくて、上の名前……」

「K です。K・A……」

「へえ……」

私は、プロ詐欺師のような手口で姓と名の両方を聞き出したのだった。そして、あっさりフェイスブックのアカウントを発見。迷わずページを開くと、純朴な子犬のようなAくんがにっこりと微笑んでいた。やっぱり可愛い。素早く画像を保存。しかし、プロフィールや交遊関係、投稿内容を貪れば貪るほど、Aくんは一般人だった。アイドルを追いかけるのとはわけがちがう。情報の生々しさもちがう。……この信仰は、犯罪になりかねない。

脳内に警告音が鳴り響く。パトライトが光る。それでも私は、地獄への螺旋階段を降りていく。辿り着いた先に、Aくんの笑顔なんてあるわけがないとわかっていても。

八月二七日　火曜日
朝目が覚めると、今まで信仰してきたアイドルたちが、総動員で私を引きとめにかかっていた。こんなことは初めてだった。特にひどいのが剛にゃん。人間の姿のままチョコンと猫耳だけつけて、アニャーンアニャンと甘えてくる。キー君とタクヤも、「アヤちゃんアヤちゃん」と寄って来る。でも、ごめん。私はもう、お前たちを可愛がってやることは出来ない。Aくんが、すごい磁力で私をひっぱるんだ。立ち去る私の背後で鳴き叫ぶ剛にゃん、キー君、タクヤ。後ろ髪を引かれる思いで、最後に振り返ってみた三人の顔は、凍りつくほどドライだった。

八月二八日　水曜日

占い師に恋愛運を診てもらったところ、「あなたは幸せになれない」と断言されてしまい、だったら私は幸せのハードルを思い切り下げようと思う。私の幸せ、それはAくんがただ、この街に生きているという事実、それだけ。というわけで早速、生存確認をしにいったところ、残念ながらAくんは不在だった。こぢんまりとした店内で、一人マッコリを啜る、音楽事務所勤務（ということになっている）の私……。これ以上どうハードルを下げろというのか。帰りの電車では、酔っぱらった浮浪者の指がなぜか私の目玉に直撃し、最悪の瞬間がスローモーションに感じられる、というのを初めて経験した。この話をAくんにしたら、彼は笑ってくれるだろうか。

八月二九日　木曜日

今日もAくんのお店へ。さすがに一人では怪しまれるだろうと思い、韓流繋がりの別の友人たちも連れて、さんざん煽って臨んだにもかかわらず、またしてもAくんは不在だった。またかよ、Ａくん！
　それにしても、Ａくんに対するこの気持ちはなんなんだろう。面倒くさいので恋ということにしているが、実際Ａくんと付き合いたいかというとそうではない。なりたいというのも違う気がする。しかし、だったらなんだと問うてみても、なかなか答えは出ないのだった。正体のわからない信仰は、苦しい。それでもＡくんに会いたいと思う私は、やっぱり恋をしているんだろうか。

八月三〇日　金曜日

八月三一日　土曜日

夜、こってりした物が食べたくなり、最近オープンした地元のイタリアンレストランへ。店内はやたらと広く、本格風なムードが漂っているが、よく見るとなにもかもわざとらしい。まず、厨房。明らかに雇いすぎた大学生のバイトが暇そうにうろうろしていて、今にもおふざけ画像が炎上しそうな雰囲気。壁にかけられた絵画は、目を凝らすとただの印刷物だった。そんなところで作られたピザがおいしいわけないのだが、「お味はいかがですか？」なんて聞いて来る店員の顔は、いやに誇り高い。客の民度も恐ろしいほど低く、子連れのテーブルにサプライズケーキが登場した際、拍手してやるよりも早く、急に落ちた照明に対して激怒するオヤジがいた。その横で、魂を抜かれたような顔で歯をほじくる妻……。神奈川の辺境に位置する私の地元は、こういうところだ。

しかし店内には、「こういうところ」である現実から目をそらし、ハリボテなイタリア感を堪能しようと努めている人たちもいて、彼らはきっと、東京も近い、横浜だって近いという、この街の中途半端なブランド感にすがっているのだと思う。だから、地方出身者のように、東京に出たいなんて絶対口にできない。口にしたが最後、この街も、この街で生きてきた人生もすべて否定することになる。もしそんなことを言うやつがいるとしたら、嘲笑をもって潰してやる。ぜったいどこへも行かせはしないし、私も行かない。ね、みんなでこの街を愛しましょう。

ベチョベチョのパスタを食べながら、それを目の当たりにするのはしんどかった。

九月

九月一日　日曜日

　待ちに待った日曜日、確実にAくんのシフトが入っている日曜日。私はココナッツのヘアパックと、高級ヒゲ剃りでコンディションを高め、武将のような心持ちでAくんのお店へ向かう。新大久保駅で降りた途端、急に汗が止まらなくなり、意識が朦朧とした。鏡で自分の顔を見たら、また例の目になっている。緊張がそうさせたのか、罪の意識がそうさせたのかはわからないが、異様な興奮状態にあったことは確かだった。適当なカフェで気持ちを整え、同じく瞳孔の開いた友人と合流し、店へ向かう。ところが、である。意気揚々と入店した私たちは、膝から崩れ落ちそうになった。Aくんが、Aくんが、またしてもいないのである。うそ、うそうそうそ。狼狽しながら食べたキムチの刺激が、この悲劇が夢でないことを突きつける。

「Aくんって、幻だったんじゃないかな……」

友人が力なく言った。私もそんな気がしていた。しばらく茫然とし、外に出ると、すっかり終電が過ぎていて、辺りは真っ暗だった。灯りのない、焼肉の香りのしない新大久保は、生ゴミとビールの腐臭に満ちていて、なんだか昼間の熱狂も、韓流という激流も、なにもかも幻だったような気がして来る。見上げた空には星もなく、代わりに煌めく歌舞伎町のネオンに、ホッとさせられている私たちがいた。

九月二日　月曜日

Aくんに会えず、終電も逃してしまった私たちは、あてもなく歌舞伎町を彷徨った。はじめて訪れる丑三つ時の歌舞伎町は、ギラギラと煩わしいまでのネオンに反し、人はまばら。きっとアリの巣と同じく、表層をペロリとめくった中にうごめくものがあるんだろう。その密度を想ってゾッとする。

ネットカフェに入ると、案内された個室の狭さに驚く。まるで独房みたいだった。寝転がってみると、猛烈な狭さがより染みる。一体、私たちがなにをしたというのだろう。

……したではないか。

Aくんを巡る回想の中で、私たちは紛れもない罪人だった。件の嘘もそうだが、友人の分も合わせると、先週はほぼ毎日Aくんのお店に通っていたことが発覚し、それが一体どれだけの脅威をAくんに与えるのかと想像して泣きたくなった。なのに、たったの一度もAくんに会えていないという現実。

「Aくん、今ごろ何してるのかな……」

「寝てるんじゃない？」

「……かわいいだろうね」

「……うん、かわいいだろうね」

独房でギュウギュウ詰めになり、罪悪感に焼かれながら、まだAくんの寝顔を想像している私たちは、本当に救われない存在だった。朝方の新宿を満たす光も、その愚かさを浄化してはくれなかった。

九月三日　火曜日
「魔法の天使クリィミーマミ」というアニメは、主人公の少女が魔法の力で理想の自分に変身し、やがてアイドルとして芸能界へ羽ばたいていく……というストーリーなのだが、その変身の動機はアイドル活動ではなく、あくまで好きな男の子を振り向かせたいという、せつない恋心だった。いくらアピールしても、「子供だから」と相手にしてくれない彼。ああ、もう少し大人だったら。もう少し美しかったら。星型のタンバリンを振ると、まばゆい光が私を包む。咄嗟に目をつぶり、開いた次の瞬間、私は夢のスーパーアイドルに変身していた。すらりと伸びた手足、ふかふかの胸。アイシャドウもばっちり決まって、つい惚れ惚れしてしまう。
舞台にあがると、群れになったファンの中に、彼の姿もあった。生まれて初めて、彼に羨望される私。なのに、ちっともうれしくない。だって、マミは、私じゃない。私だけど、私じゃないんだもん。

この作品は、等身大の自分の無力さを、痛いほど知る少女の物語なんだと思う。話数を重ねるにつれ、ジレンマはどんどん大きくなって行くのだが、そんな姿に、シンパシーを感じてしまうと言ったら怒られるだろうか。満面の笑みでマミを応援する「彼」と、社名を明かした瞬間のAくんの笑顔が重なる。それは罪を負ってでも、手に入れてよかったと思わせるような、屈託のない笑顔だった。罪悪感に駆られながら、マミが変身をやめなかったのも、私が嘘を撤回できずにいるのも、同じ理由に違いない。

九月四日　水曜日

いくつか取材をこなした後、Aくんのお店へ向かうことにしたのだが、一日中歩いていたせいで、尻の肉が擦り切れて歩行が困難になってしまった。おそるおそるトイレで確認してみたところ、ズボンにじわっと血が滲んでいた。狭い個室がまた独房のイメージとかぶる。それでも……と奮起し、血まみれになりながら、タクシーを捕まえて新大久保へと向かう。狭い路地へ入っていくタクシーはまるで馬車のようだったが、ようやく辿り着いた店内には、またしてもAくんの姿はなかった。

九月五日　木曜日

前日の無理がたたり、下半身をまったく動かせなくなってしまった。なんだか仕事もうまく進まず、生きる気力さえ失いかけた私を救ったのは物欲だった。オークションサイトを開き、予算をやや超えるくらいの金額を打ち込み、ひたすら入札しまくる。そして落札に成功した瞬間、「生きなければ」と活力が湧いてくるのだ。この場合の「生きなければ」は「払わなければ」ということなのだが、万が一負けても、落札しそこねたおもちゃを見返すだけで「これをすべて手に入れるまでは死ねない」と思えるので、オークションというのはすごい機関だと思う。

九月六日　金曜日

最近連絡を取っていなかった友人と近況を報告しあったところ、なんと彼女も時を同じくして「渋谷の肉寿司屋の店員」なるものに恋しており、詳細を聞いたらなんとメアドゲットまでこぎつけたと言うではないか。「絶対にヤッてみせる」と意気込む友人は勇ましかったが、私はAくんのメアドまではいらないと思った。本当にただ、姿を拝めるだけで満足なのだ。なのになぜ、叶わないんだろう。もしかしたら、セックスだとか色恋を目標に掲げていたほうが、叶いやすいんだろうか。無茶なくらいの方が、夢って摑めるんだろうか。そう思ってしまうほど、シンプルな私の夢は届かないのだった。そういえばお洋服も、シンプルであればあるほど値段が高くなる傾向にある気がするのだが、それと似た原理なんだろうか。

九月七日　土曜日

今度こそ！　とすべての祈りを込めて臨んだが、今日もAくんはおらず、急に気持ちが落ち着いてしまった。そして淡々とトッポギを食べながら、Aくんは神隠しに遭ったのかもしれないなんて思う。きっと神様は、可愛い可愛いAくんを、独り占めしたくなったのだ。

なすすべもなく友人と夢中になってウンコの話をしていたところ、別のイケメン店員に突然「なんの話をしているんですか？」と話しかけられてしまい、咄嗟のことで頭がまわらず「ウンコの……話です……」と正直に返してしまった。もう二度とこの店には来られない。

九月八日　日曜日

調べものをしていたところ、「サセン」と呼ばれる、アイドルの私生活にまで粘着する過激なファンのページに辿り着いてしまい、その強烈なエピソードの数々に冷や汗が出た。自宅を突き止め、自転車のサドルを持ち帰ったとか、接着剤入りのジュースを飲ませ、喉をつぶしかけたとか……。なかには、「もう勘弁してくれ」と泣きながら会見を開いたアイドルもいたそうで、その光景を思うだけで目眩（めまい）がしてくる。しかし、そんなエピソード以上に目が離せなかったのは、現在進行形で熱狂する彼女たちの言葉だった。ハッキリ言って、私の文章に似ていた。ロマンチシズムに心酔し、暴力的なまでの狂信をしていく熱度。自分の綴ってきた日記を読み返して、あまりの符合に気が狂いそうになる。

正直、私は彼女たちの活動を、心の底から羨ましいと思っている。

九月九日　月曜日
サセンの凶行を調べているうち、知人の知人がサセンだったことが発覚した。その子はもう、イベントなどでメンバーと目が合った際、思いきり嫌悪感を剝き出しにされてしまうほど、常軌を逸したストーキングをしているらしい。周りからそれって悲しくないの？　と聞かれると、「認知してもらえてうれしい」と微笑むそうだ。

アイドルの顔が嫌悪に歪んでも、まだ幸せだと感じられるってどんな神経だ、と思う一方、あと皮一枚ほどのつい立てを突破してしまえば、理解出来てしまえそうな気もする。仮に、ようやく再会できたAくんに、舌打ちをされてしまったとしよう。私は、きちんと傷つく事が出来るだろうか。

ぜんぜん自信がない。むしろ、うれしいと感じてしまうかもしれない。やはりサセンたちの持つ欲望は、私のなかにも確実に芽吹いているらしい。

そういえば以前、知人男性が「正直、痴漢行為に憧れてしまう」と言ったのをひどく怒ったことがあったのだが、今となっては私も彼と変わらない。この種の欲望は、実行するしないにかかわらず、あるだけで相手にとって脅威となる。いくら強靭な理性で保護されていたとしても、消えてなくならない限り、それは変わらず脅威なのだ。

九月一〇日　火曜日

某番組で、鈴木亜美がアイドル時代のエピソードを語っていたのだが、それまで普通に学校生活をおくっていたにもかかわらず、アイドルとしてデビューした途端、体操服が消えたり、靴が盗まれたりという被害が多発したそうだ。ありがちなエピソードかもしれないが、タイミングがタイミングなだけに妙に刺さる。アイドルがアイドルであることに、メリットなんてあるのだろうか。

九月一一日　水曜日

友人にサセンに共感するなんて、アイドルたちの苦しさがわからないのか、と怒られてしまったのだが、その通りだと思う。まったくどうして、私は自分のことしか考えられないんだろう。もしかしたら、アイドルを人間として認識できていないのかもしれない。

私がしているのは、アイドル本人やコンテンツに対するものではなく、アイドルに投影した自分自身の欲望の狂信。つまり私が映写機で、アイドルは真っ白なスクリーンのようなもの。実体は自分のなかにしかなく、いくらそれをアイドルに求めても満たされることはない。やがて欲求ばかりが過剰になって、結果、敬虔なる信者たちは、醜悪なサセンと化してしまうのだろう。
　サセンたちが、苦悶に歪んだアイドルの顔に胸を痛めないのも、きっと自傷の感覚に近いんだと思う。「勘弁してくれ」と泣くアイドルを前に、なんであんたが泣くの？と、不思議に思ったりするのかもしれない。どうでもいいが、サセンとサタンって、なんか似ている。

九月一二日　木曜日
　飽きたとか二度と来ないとか言いつつ、ちゃっかりまたAくんのお店に行ったものの、案の定不在で撃沈して帰宅。しかし改めて、Aくんに投影しているものの正体を摑むまでは引き下がれないと思う。今日のキムチはまずかった。

九月一三日　金曜日
　セーラームーンミュージカルの初演日。二つの星を巻き込んだドラマチックな悲恋に、私はついAくんへの思慕を重ねてしまう。許されぬ恋と国の滅亡。同行の友人も、ハマっている韓流アイドルを連想し、日韓問題と重ねて胸を痛めていたそうだ。こんな風に感情移入する愚か者は、広い会場に私たち二人だけだったに違いない。

九月一四日　土曜日
　やけ酒の缶ビールとフランクフルトを両手に持ってフラフラ街をさまよっていたら、とあるバラエティ番組の収録に遭遇。通行人も映してくれそうな空気だったので、はしゃいで駆け寄ってみたところ、スタッフから「お子様連れしか映しません！」と制止されてしまい、立ち尽くして孤独に焼かれた。

九月一五日　日曜日
　台風情報に脅されながら、剛にゃんの出演するミュージカルへ。ただの呑気なミュージカルかと思っていたら、オールスタンディングのライブ形式で、暑いし脚は痛いし、つらくなって途中で会場を出てしまった。みうらじゅんのようなカツラをかぶりながら、心酔してギターをかき鳴らす剛にゃんは、ほんの少し愛おしいだけで、あとは面白かった。それだけのために、灼熱のライブハウスで蒸されることはもう出来なかった。

九月一六日　月曜日
　友人たちは、私と同様「こうなりたい」という理想を持ってアイドルを信仰している。一人は、いっそ振り付けをマスターしてしまおうと新大久保のダンス教室（なんだそれ）に行き、鏡に映った己の姿に現実を突きつけられたそうだ。
「鏡に映る自分は、想像をはるかに上回る滑稽さでした。スタイル、顔面、姿勢、キレ。

何をとっても『ダサい』という形容詞がピタリと当てはまる人間でした。

　そして、アイドルたちの完ぺきさに改めて愕然とし、ああ私なんかが近づいたり、同化したりできる相手ではないと、敗北感に打ちのめされています」（メールより引用）

　神々の舞は、彼らのスタイルの良さを前提としているものが多く、凡人が真似したって立ち入れない聖域なのだ。まさかそれを修得しようと立ち上がり、そしてあっさり破れるとは。なんて愚かで、なんて勇敢なんだろう。

　もう一人は、いくら望んでも縮まらない距離に耐えかね、とうとう美容院に駆け込み、頼むからこの髪型にしてくれとアイドルの画像を差し出して懇願したそうだ。しかし、バッキバキのショートと奇抜な髪色は社会生活にはそぐわないし、そもそも似合わないだろうとたしなめられ、それでも納得せずにいたら、最終的には美容師から怒られてしまったらしい。

　かくいう私は今日、どうしてもアイドルと同じ顔になりたくて、美容整形外科の掲示板に書き込みをしているところを母親に発見され、怒鳴られて悔しくて泣いた。

　私たちはわかっている。振り付けをマスターしようと、髪型を変えようと、顔にメスを入れようと、アイドルにはなれない。むしろ、形だけ寄せたことで、余計に浮き立つ差異に、ますます苦しめられるだけだろう。

　まるで、イカロスのようだと思う。イカロスはきっと、蠟が溶けてしまうことも、太陽の熱さも、すべて知ったうえで飛び立ったのではないか。あっけなく蠟が溶け、希望がへし折られ、ベチョッと地上に叩き付けられたイカロスは、決して不幸ではなかったと思う。とびきり無様でも、そんな自分のまま死ねたことが、うれしかったのではないか。

九月一七日　火曜日

あまりにも会えなさすぎて、幻覚疑惑まで持ち上がっていたAくんが、なんとここ数週間、ハワイに旅行中だったことが発覚。監視していたフェイスブックにて久々にアップされたAくんは、ふっくら小麦色に焼けていて、まるでパンケーキのようだった。シロップを垂らして舐めることができたらどんなにいいか。もしくは四角いバターを置いて、とろとろと溶けて行く様子を眺めているだけでも風流かもしれない。そんなAくんの横で、私は詩人になりたいと思った。

九月一八日　水曜日

また、すごいものに出合ってしまった……。バラ色の唇と華奢(きゃしゃ)な首筋、ガラス玉の瞳とフワフワの髪の毛……。その持ち主は、ベン・ウィショー。英国のイケメン俳優だ。しかも最近、ゲイであることをカミングアウトすると同時に、作曲家の男性との婚約を発表したらしい。なんて出来すぎた存在だろう。まるで私が、コンプレックスの牢獄で、無責任に描き散らした夢物語みたいではないか。メラメラと湧き上がる嫉妬と羨望、焼かれるようなこの感覚、ああ、ベン・ウィショー、私、あなたになりたい！
　新大久保で行き詰まっていた私の旅は、ようやく次の順路を見いだしたようだ。ロックの国、イギリス。今までにない新天地。この調子で、ゆくゆくは世界中の男の子たちを食いつぶしていきたい。

九月一九日　木曜日
　二度目のセーラームーンミュージカル。どうしても共感せずにいられなかったのが、悪の女王・クイン・ベリルだった。元々地球の王族であった彼女は、思いを寄せていた王子と月のプリンセス・セレニティ（セーラームーンの前世の姿）が結ばれてしまったことで嫉妬に狂い、邪悪な生命体につけ込まれてしまう。やがて地球人たちを扇動し、月に攻め込ませ、戦争を起こして両国を滅ぼさせるのだが、嫉妬を原動力にそこまでしてしまうパワー、まっすぐに歪んだその心、究極のサセンと言っても過言ではない。
　狂おしく愛おしいエンディミオン様、未熟な月の小娘に惹かれていったお方、あなたの軽卒さは、私に恥をかかせた。許せない、愛してる、手に入れたい、殺したい。激情に駆られる彼女に囁きかけた、どす黒い邪悪の化身・メタリア。ひんやり冷たくて、心のなかまで入り込んでくるようなその存在。受け入れずにいられなかったのは、寂しかったからだ。寂しい自分がいやだったからだ。

九月二〇日　金曜日

スピリチュアル占術師の周りで、最近不穏な事件が多発しているらしい。なんと訪れた客たちが、次々と病に倒れているのだ。小さなケガや、精神疾患をはじめ、ひどい時は脳腫瘍と多岐に渡り、いずれも叔母と接触した直後に起こるとのこと。それだけでなく、一昨日も出かけた先にて、目の前で電車が脱線するという珍事が起きたそうだ。

それでも彼女がスピリチュアルを手放せないのは、彼女が行っているのが「聖なる私」の信仰だからだと思う。私のアイドル信仰と同じで、合掌した先に神がいないのだ。なんて不遜なんだろう。叔母も私も。

九月二一日　土曜日

恵比寿にて、超特急メンバーにインタビューを敢行したのだが、目の前で一生懸命働いている様子を見ていたら、なんだかようやく、彼らのことを他者として認識できた気がする。

私は、まるで成仏するかのように映写機のスイッチを落とす。その瞬間、真っ白なスクリーンになるはずだったアイドルたちは、なんとより輝きを増して、私の前で微笑んだのであった。ああ、ファンが映写機にならなくたって、この子たちはこんなに輝いていたのか。

九月二二日　日曜日

　本当にびっくりしたのだが、Aくんの店に行ったらAくんがいた。よく考えたら当たり前だが、もう永遠に会えないかと思っていたので、顔がこわばる。横を見ると、同行の友人が悶絶していた。なんと彼女も、Aくんに一目惚れしてしまったらしい。そのうち「苦しい……」と呻き出し、せっかくこうして二人いるのだから、この気持ちを分析しようということに。

　結論から言うと、やっぱりAくんに対する気持ちは恋ではなく、ただのコンプレックスだった。Aくんはかっこいい。Aくんはスタイルがいい。Aくんの髪はサラサラしている。触れたいんじゃない、愛(め)でたいんでもない、なりたかった。私はAくんに、真っ当な男の子に、なりたい。自分はおかまなんだから、どちらかというと女の子に憧れているんじゃないかと思っていたが、ちがう。心の底から、男の子になりたかったんだ。なぜなら私は、男の子になりそこねた生き物だから。

　タイミング良く、Aくんが注文をとりに来る。Aくんはすっかり私のことなんて忘れている様子で、小麦色の腕をキラキラさせていた。勇気を出して見上げると、照明がまるで後光のようにAくんを照らしている。「イケメンですね」と話しかけると、Aくんは照れて笑った。そのまんざらでもない笑顔を自分のものにしたくて、でも遠くて、気が狂いそうになる。いくら賽銭(さいせん)を貢ぎ、柏手を打ったとしても、私は正しい男の子にはなれない。

九月二三日　月曜日

　セーラームーンミュージカルの千秋楽。アニメとそっくりなセーラー五戦士たちが登場した瞬間、客席の至る所からすすり泣く音が聞こえて、当然のように私も泣いていた。他の人たちのことはわからないが、私はキラキラしたセーラー戦士たちとは、まるで真逆のところにいる自分が悲しかった。

九月二四日　火曜日

　私が韓流をゴリ推ししたばかりに、絶交状態にあったMさんと復縁。お互いまったく友人がいないのに絶交なんて、そんな贅沢なことしてる場合じゃないよね、ということで落ち着いた。久々に友人たちと歩く歌舞伎町。会わない間に起きた事件を報告しあうと、Mさんはいろいろあって落ちこみ気味で、もう一人の友人は寿司屋の店員に恋して翻弄され、私は罪無き韓国人青年相手に身分詐称をしていた。ろくなことがない私たちの人生。友人たちには一応彼氏や夫がいるのだが、ちっとも幸せそうでない様子を見ると、ゴールなんてどこにも存在しない気がしてくる。少なくとも、男によって与えられるものではないらしい。

　一面に輝くホストの看板。過剰に補正されたつるつるの肌が、あまいキャンディのように私たちを誘惑する。思わず吸い寄せられていく友人を全力で引き止めつつ、ふとつぶやいた。

「愛されたい……」

友人たちがカッと目を見開いて叫ぶ。「それだ！」

「そうだ、愛されたい！」「愛されたい！」

誰に愛されたいのか、どう愛されたいのか、すべてが不明瞭な私たちの叫び。偉そうにたむろしていたヤクザが、ギョッとおののくのを見た。

九月二五日　水曜日

昨夜友人たちと叫びすぎたせいで、喉が痛い。トローチを噛んだら、歯にくっついて、剝がそうとしたら、歯まで一緒に抜けそうになった。頭が痛くなった。

九月二六日　木曜日

肌寒い日は仰向けになり、お腹にオーバーヒートしたパソコンをのせて眠るのが好きで、今日もそうしていたら気がつくと低温火傷をしていた。腹の全体が真っ赤に腫れ上がり、何か起きそうな臭気がムンムンしている。ネットで検索すると、電気毛布にやられたワンちゃんの画像が出て来て、腫れすぎ！　と思ってよく見たら肉がえぐれた赤みだった。なんだかもう、生きるのがつらい。

九月二七日　金曜日
　取材で会った男性編集者が妙に浮ついていたので、なにがあったのか訊ねてみると、担当していた作家と付き合い始めたらしい。
　作家と編集者の交際というのは、表向きは一応タブーなのだが、業界的にはよくあることらしい。なんていやらしい……と思いつつ、そういえばうちの祖父母も元教師と生徒（しかも中学）だし、男女が性的に惹かれ合うパワーってやっぱりすごいと思わされる。法律や常識で縛りあってもこうなのだから、もはや人間が社会とか作っていること自体無理があるんじゃないか。……と、私は宇宙人の視点でのろけまくる男性編集者を笑ったのだが、本心では、宇宙人であることが寂しくてたまらないのだった。

九月二八日　土曜日
　お昼過ぎ、コトンと鳴った郵便ポストに入っていたのは、某誌の懸賞として出ていた、ユータクの生ポラロイドだった。当選者一名の奇跡。幸せそうにほほえむユースケとタクヤ。写真の下には、互いの似顔絵が入っており、「ちょっとこっち見てー」「は、はやくしろよー」なんて言い合いながら描き合ったのかなあオイそうなんだろ頬をうすく染めてさあ！

九月二九日　日曜日

新宿アルタ前にて、久々に超特急のライブ。生ポラロイドのパワーか、比較的見やすいポジションをゲットでき、日照りの下で待機。時間を少しすぎて登場した彼らは、というかユータクは、それはそれは美しく燦然と輝いていて、たまに目配せをしたり、耳元にチュッ♡としたり、いやチュッ♡は妄想かもしれないが、目配せは……どうだろう。目の前で展開されているリアルが、妄想と混じって区別がつかなくなり、最終的には幻聴に襲われた。

「ユースケ～～♡」

ダンサーであるタクヤはマイクを持っていないので、声なんて聞こえるはずがない。なのに、聴いた。聴いてしまった。もう自分がなにを見ているのか、なぜここに立っているのかわからなくなる。

その時、隣で抱えられていた赤ちゃんが、ふいに私の肩を揺すった。心底どうでも良かったし、鬱陶しいぐらいだったが、微笑み返したその瞬間に、フッと正気に戻る。フニャフニャのちいさな指だけが、私と現実を繋ぐたったひとつの命綱だった。

九月三〇日　月曜日

飲み会でワインを飲みまくった結果、帰りの電車でウッとせり上がって来たゲロが、半開きの口から漏れ出そうになって、閉じるか飲み込むかの瀬戸際でプクーッとちょうちんを作っていた。

一〇月

一〇月一日　火曜日
　夜中にふと目が覚めて、友人と電話。「私たち、生きている意味が特にないよね……」と、しみじみ言いあっていたのが笑いに変わり、やがて抱腹絶倒の境地まで行った。生きてるのに、生きてるのに意味がないってどういうこと？　「価値もないよね」と付け足してまた笑った。笑いすぎて痛んだ腹筋が、人生に意味や価値など必要ないのだと明るく示してくれているようだった。

一〇月二日　水曜日
　ネットでユータク妄想ポエムを吐露しまくっていたら、「腐女子というより夢女子っぽい」との指摘をもらい、早速グーグルの検索欄に「夢女子」と打ち込んでみたところ、予測に「夢女子　キモい」「夢女子　イタい」等と出てきて、ある確信のようなものに射抜かれた。

　殴るようにキーを押し、飛び込んでみた夢女子たちの世界。そこは案の定、イタくて恥ずかしくて、とびきり甘い世界だった。

「夢女子」とは、ネットに溢れる「夢小説」を愛好する女子たちの総称で、夢小説というのは、個人サイトが普及しはじめた頃からジワジワと発展してきた創作小説の一ジャンルらしい。普通の小説と違い、読む側が主人公や登場人物の名前を、好きに設定できるそうだ。些細なようでいて大きなこの発明は、夢見がちな乙女たちのハートを鷲摑みにし、無数の恋愛小説を生み出してきた。

　感銘を受けた私は、「ユースケ」というキャラクターの登場する小説を片っ端から探し出し、名前設定に「タクヤ」と入力して読みあさった。今まで私のしてきた妄想は、すべてBLの威を借りた夢小説だったのだ。

　夢小説サイトを巡る手に加速度が増す。ユースケ先輩、ユースケ部長、美大生ユースケ、美容師ユースケ。そのすべての物語が、タクヤという虚構を通じて私のなかに染みていった。

一〇月三日　木曜日
　取材で、めったに訪れない裏原宿へ。いくつかショップを巡ったのだが、ツンとした店員の、排他的な態度に傷つけられる。一刻も早く家に帰って夢小説を読みあさりたい……。

しかし色々と話を聞いているうち、無邪気な原宿や、誇り高い青山・六本木と違い、裏原宿に流れる閉塞感は、とびっきりおしゃれなのにもかかわらず、秋葉原や池袋、新大久保に流れるそれと似ていることを知った。「この街が大好きなんです」と語るショップ店員の目も、私たちとまるで同じだった。なんだか初めて、この街を愛せそうな気がした。

一〇月四日　金曜日

テレビに出ていたろうけつ染めのアーティストが、創作意欲の根源にアイドルに対するどうしようもない憧れの気持ちがあると語っていて、ふーんとなんとなく眺めていたら、完成した作品の美しさに度肝を抜かれた。アイドルに対するコンプレックスで、こんなに美しいものを作れるなんて。私って、私ってなんだろう。

いっそ夢小説サイトを作ってしまおうかと、色々とペンネームを考えてみたのだが、どれもパッとしなかった。

一〇月五日　土曜日

Mさんと電話しながら、超特急と出会った一月当初のことを思い出していた。はじめてライブに訪れた日の朝方、会場付近に謎の隕石が落ちて、その不吉さにひっぱられるかのように、私たちはタクヤに没入していった。
一体自分がなぜ、タクヤに熱狂しているのかわからなかったあの頃は、タクヤを見るだけで頭痛が起きるほど参っていて、友人たちと支えあい、パワーストーンに守られながら、なんとか生きていた。今、無性にあの頃が恋しい。もう一度、あんなめちゃくちゃな時間を味わってみたい。なにか、だれか、想像を絶するような美少年に、全身をボッコボコに打ちのめされたい。もしかしてあの日々は、ある種の青春のように、二度と戻っては来ないものなのだろうか。だとしたら、こんなに寂しいことってない。

一〇月六日　日曜日
またしてもMさんと電話していたら、受話器の向こうでピンポーンと音が鳴り、「あ、誰か来た。お母さんかな？　ちょっと一旦切るね」と言ってガチャリと切られたのち、数分経ってまたかかってきたかと思ったら、「うっ……うっ……うぇ……」とすすり泣く声が。びっくりして何が起きたのか訊ねると、「エホバの証人の勧誘だった……」と一言。悪いと思いつつ、ひっくり返って笑った。

一〇月七日　月曜日
韓流狂いの友人たちから「奇跡が起きた」と連絡が入り、聞くと韓国で行われた某グループのライブで、なんと最前列での鑑賞を果たしたらしい。もともとは後方にいたのに、人波に流されていくうち、偶然そこに辿り着いてしまったのだそうだ。とはいえ、そんな優雅に辿り着けるほど、ヤワな人波ではあるまい。なんたって、アジア中から集結した、欲望全開の女子たちが作る波だ。そのなかを平然と泳いでいけるということは、友人たちもまた、それに匹敵する化け物だったということだろう。

欲望の最前線で見た光景は、それはもう壮絶だったそうだ。飛び交う怒号と、ぶつかりあうカメラのレンズ。負傷者に、泣く者に、気絶する者までいて、もはや誰もアイドルなど見ていない。そんな魑魅魍魎（ちみもうりょう）を、光り輝くステージから見下ろすアイドルたちの顔は困惑していたらしい。友人たちは反省し、清く正しいファンであろうと改心したそうだ。

「私はアイドルたちの聖母でありたいんです」

私もそうなりたい。アイドルにとって正しいファンになりたい、と思う。

一〇月八日　火曜日

ここ数日、目に入るすべての事実と歴史をねじ曲げながら、実在する二人の美少年を、カップルに見立てて熱狂している。執着のあまり、世界が崩壊していくことに気がつかず、うっかり救命ロケットに乗りそびれてしまうなんてことも起きそうな勢いだ。しかし、それでもいいやと思ってしまうのは、やっぱりユータクに、なにかを託しているからなんだと思う。私が果たせなかったもの。私では行けないところ。私では楽しめないものすべて。とんでもないものを背負わされた美少年たちは、飛び立つロケットのなかで、一体どんな会話をするのだろう。それを想像しながら、終わりゆく地球で塵となるのも、また風流だなあと思う。

一〇月九日　水曜日

虚構のユータクに萌え狂ったその足で、ヒョイと、腐女子の集う他ジャンルに足を踏み入れてみたところ、思いきり排斥（はいせき）されてしまった。当たり前である。女子たちの信仰の世界は、そんな簡単に踏み入ってはいけない聖域なのだ。

例えばそれを、花園に例えよう。そこに咲く花を愛で、育てる住人たちは、同時に花を守っていく義務がある。なぜなら花は、あまりにもか弱い存在だからだ。ちょいと踏まれただけで、簡単に折れてしまう。だったら迫り来る外敵は、徹底的に排除する他ない。外敵だけでなく、内から湧きでる害虫ともまた、戦わなければならない。美しい花園を維持するには、絶え間ない努力が必要なのだ。

花園の入り口には、鍵付きのドアが設けられている。そこにピピピとパスワードを入力し、ぴたりと当てはまった者だけが、中に入れる仕組みだ。画期的だと思う。おかげで、より近い同志が集まりやすくなるのだから。

しかし今回私がしたことは、そんなドアを正々堂々ぶっこわし、ヘラヘラ～～と笑いながら、可憐に咲く花々と、住民たちを蹂躙（じゅうりん）するような行為だった。しかも、まったく悪気なく。

ちなみに外敵というのは、私のように図々しく乱入してくる者だけでなく、花の美しさを笑ったり、否定したりする人たちの悪意も含む。どういうわけか、女子の花園は、男子のそれに比べ、そういった世間からの攻撃を受けやすい。例えば韓流のヨン様ブームのときに、メディア総動員で笑われまくっていたおばさま方。私も当時は釣られて笑ったりしていたが、今振り返るととんでもないことだ。あれは、晒し首のようなもので、花を愛でたものはこうなる、という男社会からの警告だったのだと思う。他人事ではないと、より一層セキュリティを強化した花園がいくつあっただろう。

猛省しながら、私はすごすごと元いた花園に戻るのだった。

一〇月一〇日　木曜日

友人から電話。「あんた、叩かれてるねえ！　ぷぷぷ」

楽しそうである。友人は、まさに私が排斥された花園の住人なのだが、話を聞いていたら、ますます己の愚かさが染みた。

「私たちのジャンルってさ、すごく誤解されていて、腐女子しか楽しめないとか、中身がないとか、色々言われてるんだよ。確かに、腐女子が楽しみやすいパッケージではあるんだけど、それだけじゃない、このコンテンツの核にあるものだとか、メッセージ性なんかも、評価されてほしいって、みんな思ってるんだ。そこへあんたみたいなのが特攻してきて、○○君萌え〜！　とか騒がれると、ああ、また世間に誤解されてしまうって、憤りを覚えずにいられないわけよ。もちろん、楽しみ方なんて人それぞれなんだけど、譲れない部分も大きいんだ。だって、私たちは本気でこのジャンルを愛してるんだもん」

私、この感覚知っている。何を隠そう、セーラームーンが、まさにそんな状況に置かれがちなのだ。セーラー服でミニスカ、中学生の美少女。その記号ばかりがフィーチャーされ、所詮は男性向けのお色気アニメだと解釈されるたびに、どれだけ憤ってきたことだろう。ちがうちがう、セーラームーンは、女子のものだ。セーラー戦士たちは、男を欲情させたくてミニスカートを穿いているわけではない。男に愛されたくて、金色の髪をたなびかせているわけではない。確かに、男性からしたら魅力的な記号として映るだろうが、その感性は、女の子たちがそれを見て憧れる気持ち・ときめきのようなものを、少しも侵害してはいけないのだ。

そう強く思い続けてきた私が、殊更かっこいい男の子たちを前にすると、簡単に目がくらんでしまうのだから、なんと身勝手なことだろう。

一〇月一一日　金曜日

家のなかをフラフラと歩いていたら、ガラスを踏んだとしか思えない痛みが足の裏に走り、見ると案の定、ガラスの破片が突き刺さっていた。ピンセットでつまみ取ろうとしたら、さらに奥へと入り込んでいく感覚がして、怖くなった私は、無理な前傾姿勢をとり、自らの足の裏をチュウチュウ吸うしかなかった。

一〇月一二日　土曜日

超特急のライブを見に、二時間ほどかけて千葉の奥地へ。ここは、一月にはじめて彼らと出会った思い出の場所。

時間になると、ステージ横のエスカレーターから、メンバーたちが並んで降りて来た。するとタクヤが、前にいたユースケを、ふいにギュッ♡と、ハグしたではないか。お揃いの肩出しルックの新衣装は、ただでさえラブラブ度が高いのに、そんなことをされたら、また欲望に目がくらんでしまう。

メーターの振り切れてしまいそうな自分を抑えつつ、引き続きライブを鑑賞していると、なんだか今まで、そんなに注目していなかったあるメンバーが、ものすごく魅力的に見えてきた。萌えというか、もっと深い部分で胸がざわめく感じだ。まさか、これは……と、解に至りそうな自分から目をそらし、おとなしくタクヤのサイン列に並ぶ。今日も可愛いタクヤ。ややこしいサインを一生懸命書くタクヤ。しかし、それだけで満足しようと努めている自分に気づいてしまった。もう、己の欲望に従うしかなかった。

彼の名前はコーイチ……。超特急のボーカル。父性あふれる彼には、多くのマジ恋ファンがついているのだが、どうやら私も、相当彼に惹かれてしまっているらしい。サインを貰いに走ると、ポッとあたたかく微笑んで、「ごめんなさい、ちょっと書き間違えちゃいました」と言ってくれた。見ると、ぶっといペン先が走りすぎて、やや跡になっている。

　妙にエロティックだ。

「いいんです、私なんて書き損じで！」

　そう言って走り去ると、顔は真っ赤、鼓動はバクバクになり、平常心を失っている自分がいた。一体私はいつになったら、「正しいファン」として、彼らを応援することが出来るんだろう。

一〇月一三日　日曜日

　コーイチ熱を冷ますため、一日中ユースケの脇毛について考えていた。今回の新曲「Kiss Me Baby」の衣装は、ユースケとタクヤだけ肩出しルックになっており、ファンはみんな、とにかく二人の脇毛に注目していた。タクヤの脇毛は、一応生え揃ってはいるのだが、なんとも品が良い感じ。遠目に見て、一瞬眉毛かと思ってしまったほど微々たる量だ。まるで贅沢な和皿に乗せて、ほんの少しだけ食べるウニのよう。

　一方ユースケは……ツルツルなのである。なんとなく産毛のようなものが見えたとか、いや剃り跡が見えたとか、ファンの中で論争が巻き起こり、写真撮影の際にわざと腕を上げさせる者が続出したが、いまだ真相は闇の中だ。

もし無毛症だったら申し訳ないが、いちいち剃っているのだとしたら、不思議な時代だと思う。見られることを意識した男の子が、とうとう脇毛を剃り始めるなんて。もう少し進化したら、全剃りから調整に変わるのかもしれない。見られるために、おのおの脇毛を調整する男の子たちなんて新しいし、素敵だ。ちなみに個人的には、ユースケの脇毛、すっげー見たい。マジで見たい。だから剃らないでほしい。

一〇月一四日　月曜日

超特急が、とうとう地元のショッピングモールにやってきた。雇用の少ない我が街では、このショッピングモールが貴重な労働の受け皿になっており、おかげで元同級生たちがそこらじゅうにいるのだが、よりによってステージ付近のショップでも、中学時代むりやり私に野草を食わせてきた元ヤンの森ガールが働いていた。しかし、そんなトラウマまみれの魔境においても、私はペンライトを振りかざし、孤高の8号車（超特急ファンの総称）として叫ぶことをやめなかった。空を掻き回す、無数の拳とペンライト。この地に染みたすべての傷が、掛け声とともに浄化されていくような気がした。

特典会では、コーイチとツーショット写真を撮ることにした。これまで幾度となく金を払い、特典会に参加してきたが、ツーショット撮影に及ぶのははじめてだった。なぜなら、劣等感まみれの私がアイドルと撮影なんておかしいし、生じた次元のズレのようなものに、胸をえぐられるのが怖かったから。しかし、抑えきれない衝動が、私を彼のもとへと走らせた。

「こんにちは！　どんな風に撮りますかー？」

「あの……思いきりかっこつけてください」

「よっしゃ、わかりました。あれ、マスクはとらないんですか？」

「いいんです……私の顔、すごく汚いので……」

パシャ、とちいさく鳴るカメラ。撮影は一瞬で終わり、笑顔に見送られながら、タタタとステージを降りる。いそいで画像を確認すると、目眩のするほどかっこいいコーイチと、殴られたタスマニアデビルのような顔をした自分が写っていた。しかし、そんな現実に落ち込んでいるヒマもないほどコーイチがかっこよすぎて、私は完全なるおのぼりさんになってしまった。

フワフワと地に着かない足で、写真を現像しに走る。こめかみを伝う汗に、青春を感じた。

一〇月一五日　火曜日
一日中、コーイチとのツーショット写真を眺めていた。史上かつてないほどイタいことを言うと、正直カップルにしか見えない。いかん、冷静にならねば……と目をそらし、五分ほど経ってからもう一度見ると、今度は夫婦に見えた。悪化している。
私はずっと、ドロドロの劣等感や自意識を打ち破る方法について考えてきたが、その答えは考えることでも、努力することでもない。バカになることだったのだ。バカになるということは、鈍感になるということであり、鈍感になるということは、強くなるということだ。

それで幸せになれるとまでは限らないし、少なくとも私はこのままだと破滅しそうだが、「アイドルとツーショットなんて撮れないよ～」なんてメソメソしていた自分から脱却できたことは、ひとまず進歩だと思っている。すごく、気分が軽いし。

一〇月一六日　水曜日

ＤＩＳＨ〃の新曲「晴れるＹＡ！」の発売日ということで、特典ポスターを回収しにいった。すでに売り切れになっている店舗もいくつかあり、渋谷、新宿、池袋と巡ってようやくコンプリートすることができた。にぎわう都内のショップには、他事務所のグループを応援する女子たちもたくさんいて、それぞれがそれぞれの売り場しか見ていないという、その視野の狭さに共感した。なにか目には見えないドームのようなものが、私たちを包んではいなかったか。

最後に訪れた池袋では、突風に煽られてポスターが四方に吹き飛ぶというトラブルが起きたのだが、偶然居合わせた異教徒の皆さんが、協力して拾ってくれた。なんだか泣きそうになる。別々の神を信仰していても、広い世間においては、きっと私たちは同志なのだ。

一〇月一七日　木曜日
最近、タクヤを見るとああ産みたい……と思うようになってしまった。なんだか一挙一動、可愛く見えて仕方がないのである。欲望が丸くなって、同化願望から母性へと変容したのかと思ったが、ひょっとすると身ごもり、産み育てることで、タクヤを支配したいということなのかもしれない。

一〇月一八日　金曜日
彼氏と別れたばかりのMさんと居酒屋で落ち合ったら、欲求不満で大変なことになっており、「おちんちんが欲しいよーーー」と絶叫しながら泣いていた。処女の私はおちんちんが欲しくて泣くような痛みがまったく想像できないので、いっそ一度も味わないまま出家したいと思っている。そして袈裟を着たまま超特急のイベントに参加し、コーイチ色のペンライトを振り回す。そしたらコーイチが「なんやその格好！　ホンマ、アヤちゃんはおもしろいなあ！」と言って、いとおしそうに私を見るのだ。
二軒目へ移動する途中、ＤＩＳＨ//のイベントのネット配信があると知り、路上でiPhoneを使って見てみたら、しばらく見ない間にすっかり成長し、いっちょまえにパフォーマンスする姿に動揺してしまった。私たちはなにも変わらないのに、アイドルたちはどんどん変わっていく。嬉しい半面、なんだか置き去りにされたような気分になってしまう。平然と「幼いこの子たちには、私たちが必要なの」なんて思っていたが、あの子たちを必要としていたのは、まぎれもない自分たちの方だったのだ。

夜の渋谷に響く、酔っぱらった私たちの掛け声。

「タイガー！　ファイヤー！　サイバー！　ファイバー！　ダイバー！　バイバー！ジャージャー！」

すれ違った外国人が脅えていた。

一〇月一九日　土曜日
ららぽーと豊洲で超特急のイベント。寒空の下、ピチピチのワキを晒し、いやらしく腰を振る彼らの頭上で、トンボが交尾をしているのを見た。偶然居合わせたと思われる幼女も、瞳孔全開で食い入るように舞台を眺めていた。ファンだけでなく、虫や幼女すらも発情させるパワーが、超特急にはある。
イベント後は、友人たちと三人で月島へ移動。こってりしたホルモンと、大量のもんじゃ焼き、そしてアルコールを、胃がはち切れるまでかきこんだ。超特急のイベント後は、いつもこうして暴食する決まりになっている。というより、そうしなければやってられないのだ。心の隙間から、なにかつめたいものが入り込んで来そうで怖いから。
帰りの電車では、撮りたてホヤホヤのツーショット写真が、途切れゆく意識にぼんやり浮かんで心地よかった。まるでおぼろ月みたいだと、やさしいコーイチの笑顔を想う。

一〇月二〇日　日曜日

朝起きて、どうも頭が痛いと思ったら、ずっとマスクをしていたせいで酸素不足になっていた。うう……と弱りながらマスクをはずすと、今度は猛烈に肌荒れしていた。おまけに浮腫(むく)んでもいる。すごいブスだと思った。ますますマスクなしではコーイチに会えない。しかし、マスクをすればするほどブスになってしまうという負の連鎖……。

なんだか、人魚姫を思い出してしまう。声と引き換えに足を手に入れた彼女と、ブスが悪化するとわかっていても、マスクをせずにはいられない私。もっとも共通するのは、意中の彼にアクセスする方法が、それしかないということだ。だったらブスになろうと、声を失おうと、進んでいくしかない。

一〇月二一日　月曜日

夜、突然タクヤ様がブログを更新され、「いいかお前ら、今日からユータクではなく、タクスケと呼べ。なぜなら、そのほうが可愛いからだ。異論は認めん。さあ、わかったらとっとと布教せい！」とおふれを出したので、私は急いで従うことにした。奴隷は意思やアイデンティティを封印し、ひたすら服従するのが役目だ。タクヤ様がおっしゃるのならば、ユータクもタクスケになるし、地球は火星になるし、ガラス玉はダイヤモンドになる。

本来カップリングの呼称というのは、語感など関係なく、どちらが抱くか抱かれるかによって名前の前後が決まるのだが、この際そんな風習すら覆さねばならない。幾億の腐女子たちが立ちはだかろうと、私たちはそれを突破し、突き進んでいくしかないのだ。もちろん、タクヤ様に傷一つつかないよう、守りながら。

タクヤ様、ごめんなさい。ここ数日、私はすっかり恋する乙女になり、あなたへの服従を怠っていました。けれど、もう惑わされません。どうか再び、私の人格を、アイデンティティを奪ってください。そして奴隷にしてください。

「わかったわかった、もうさがってよいぞ」

「ありがとうございます！」

脳内に作り出される、ふんぞりかえったタクヤの笑顔。私は「ははーーっ」と頭をさげながら、その笑顔を愛おしく思う。可愛い男の子に征服されるのは、どうしてこんなに楽しいんだろう。

一〇月二二日　火曜日

タクヤに服従する楽しさについて考えていたら、セーラームーンに出て来た、ネヘレニアという闇の女王を思い出してしまった。ネヘレニアは、かつてある平和な王国を治めていた女王だが、仲間のいない孤独が、幼少から彼女を蝕んでいた。その孤独は、彼女を夜ごと鏡の前へと向かわせる。ひやりと冷たい鏡に浮かぶ、美しい己の姿。これだけだ、と彼女は思う。孤独な私が、正気を保ったただひとつの糸口は、この美貌だけだ。この美貌が続く限りは、私は私であり続けるだろう。美貌は、彼女のすべてだった。しかし、鏡の中の悪魔は、醜い老婆となった彼女の幻影を、突如として映しだす。なんということだ。私の美貌は、こうも脆く朽ちてしまうのか。

激しく狼狽する彼女に、悪魔はこう囁いた。

「哀れな女王よ。この私が、あなた様の美貌を永遠に輝かせる方法を教えて差し上げます。その方法とは、人間どもの夢を喰らうことです。希望に満ちた人間どもの夢は、すなわち生きるエネルギーそのもの。ただし、夢を失った人間は、やがて死に絶えます。さあ女王、どうされますか」

次の朝、彼女は家来たちに次々と襲いかかり、片っ端から夢を喰ってまわった。みなぎるパワーが、ますます悪魔のウソを妄信させる。彼女はそうして、国中の人間を滅ぼしてしまうのだが、注目すべきは、そんな彼女の後ろを、醜い老婆となった彼女自身が、奴隷となって付いてまわっていたことだ。醜い私は、美しい私の命令に決して逆らわない。命令さえすれば、ひざまずいて靴だって舐めるはずだ。なんと哀れな私自身。いえ、お前は私なんかじゃなかったわ。私はお前なんかにならないために、こうして人々の夢を喰ってまわっているのだから。

ゆめゆめ　うたがうことなかれ　夢みる子供の　夢の夢

ゆめゆめ　うたがうことなかれ　夢みる子供の　夢の夢

タクヤに絶対服従する醜い私も、どんなに惨めでも逃げない。なぜなら私は、ははーっと頭を下げながら、タクヤに感情移入し、愚かな自分を見下しているからだ。

一〇月二三日　水曜日

私の存在って、超特急にとってかなり営業妨害なのでは？　と思い始めたら止まらなくなり、とうとうツイッターのサブアカウントを創設。限られた人にしか読めないそのアカウントで、私はいままで以上に自由な発言を楽しんでいる。ほとんどがえげつない下ネタなのだが、ここでしか放てない言葉たちだと思うと、チンコだの肛門だのが、なにか繊細な花のように思えてくるから不思議だ。ここは私と、私が許した仲間たちしか入れないヒミツの花園。無理矢理立ち入ろうとする奴らは、最大限の敵意を持って追い返してやる。

ふと、先日浴びた集中爆撃を思い出す。ああ、こういう心理だったのか……。自らも花園に籠もってみてやっと、彼女たちの怒りが身にしみたのであった。

一〇月二四日　木曜日

ユースケが、ことあるごとに元気キャラを要求される姿は悲痛でしかなく、私は母のように、胸を痛めながらそれを見守っている。

ユースケは、やさしく、おだやかな性格だ。平日のレッスン後に、急いで帰宅し、家事や弟妹の世話に励む姿は、愛おしくすらある。ただそれでは、イケイケな男子集団のなかでは生きられないようで、唯一生き延びる戦法が、元気キャラとしてピエロになりきることだったのかもしれない。

と、ここまで書いて一旦カフェを出たのだが、用事が済んでふたたび訪れてみると、なんと火事で燃えていた。丸の内の空に昇っていく黒煙は、鳥肌のたつほど不気味で、ますますユースケのことが心配になるのだった。

一〇月二五日　金曜日
六月にオーダーしたセーラームーンのコンパクトが、今日到着する予定だったのにちっとも届かず、同じく「来ない」と嘆くMさんと電話しているうち、私たちは、物すら与えてもらえないのか！　と、怒り狂って泣いた。
物は、私たちの最後の砦だ。男も、金も、自分すら信用できない、愛せない私たちにとって、物だけが唯一の希望なのだ。だから、物は私たちを裏切ってはならないし、私たちも物を裏切らない。これは、神と交わした、たったひとつの契約だったはずなのに、神は……。神と、佐川急便は平然と私たちを裏切るのか。

一〇月二六日　土曜日

Mさんと老後の話をする。

「きっと一緒に暮らそうね」

「レンガのお家に住もうね」

「けど私、もう三六だからアヤちゃんより大分先に死ぬよ」

「なに言ってんの、自殺未遂したって生き返った生命力があるじゃない」

「そうだね。死のうとしても死ねなかったんだから、生きなきゃいけないよね」

「そうだよ。支えあって楽しく生きよう。ああ死にたい」

「ね。死にたい」

この繰り返しだった。

一〇月二七日　日曜日

ようやく届いたコンパクトをカフェで眺めていたら、そそそ……と店員さんが寄ってきて、「もしかして、セーラームーンのコンパクトですか？」と言った。そうですすと返すと、きゃーっと小さく叫んで、「なつかしい、すごく懐かしいです。小さい頃、ピアノの発表会のご褒美に買ってもらって、大切にしてたのに、一体どこへ行ってしまったんだろう。もういちど、触ってみたい……」と語りだした。すると、なになに？　と釣られてやってきたもう一人の店員さんも「きゃーっ！」と叫び、同じく幼少期の思い出を語りだした。私はすこし泣きそうになりながら、彼女たちに続けて話す。

　あれは三歳の頃、どうしてもセーラームーンのコンパクトがほしかった私は、おばあちゃんにおねだりして、なんとか買ってもらえることになった。おばあちゃんと歩いて、近所のおもちゃ屋さんへ向かう景色は、二〇年も前のことなのに、今もはっきりと覚えている。きっとものすごく嬉しかったのだ。

　おもちゃ売り場では、当然のごとくセーラームーンがプッシュされており、店内にちらほらいた女の子たちは、みんなそのコーナーに夢中だった。おばあちゃんは、これがいいのね？　とコンパクトを手に取ると、レジに向かった。わざわざプレゼント用の包装をオーダーしてくれているおばあちゃんの背中を、私は誇らしげにながめる。

　おもちゃ屋を出たあとは、ラーメン屋に入って、さっそくコンパクトを開封した。メッキ加工とラインストーンで彩られたコンパクトは、世にも美しく、めまいがしそうになる。このコンパクトだけは、なにが起きても大切にしよう。誰にも触られないように、宝箱に入れておこう。

　するとラーメン屋の店主が、おばあちゃんに買ってもらったのかい？　と、私に微笑みかけてきた。私は、こくりと頷くことしかできず、子供らしくはしゃいで見せることができない。それを見かねたおばあちゃんが、「ほら、ラーメン屋さんにも、セーラームーンごっこを見せてあげなさい」と無茶なことを言ってきた。私が人一倍シャイだということを、誰よりも知っているはずなのに。

私は泣きながら、セーラームーンの変身シーンを披露した。私はシャイであるという以上に、気遣い屋だったのだ。案の定、あらあの子、男の子なのに……という嘲笑が、ラーメン屋を包む。

悲しくなった。はじめて世間を知った瞬間だった。

……暗い話になってしまった。カフェ店員さんたちの笑顔も硬直している。なんだか二〇年前、ラーメン屋で見た光景とかぶって見えた。

一〇月二八日　月曜日
朝起きてからずっと目の調子が悪く、右向け！　と命令しても、ワンテンポ遅れてぎょろりと動く。怖くなってつぶると、今度はまぶたの裏が3×3のマス目になり、ひとつひとつのマスがうごめいてた。そのうちだんだんと痛みを持ちはじめ、続けて頭も痛くなってきた。ピッと一直線に繋がった痛みから、私は人体の構造を知る。
調べてみると、群発頭痛というやつによく似ていた。ひどい時は、あまりの痛みに発狂して、自殺してしまう人もいるらしい。元々強めの偏頭痛を持っているのだが、そっちは女性に多く、新しいこの病は男性に多い病気だそうだ。二つの性の、悪いところばかり集めてできたのが私なのかもしれない。

夜、星を見上げたら、夜空もたくさんのマス目になって、星をぐるぐる回していた。

一〇月二九日　火曜日

韓流アイドルのライブを最前列で鑑賞し、「聖母になる」と言っていた友人が、土日のライブで熱狂しすぎ、酸欠になって座り込んだところを他のファンに勘違いされ、「鑑賞態度の悪い女」としてネットで袋叩きにあっているらしい。けど本人はそんなことより、舞台との距離がうんと遠く、アイドルに認識してもらえなかったことの方がショックだそうで、どうすれば彼の網膜に焼き付けてもらえるのかな？　と悩んだ挙げ句、「そっか！　彼の大好きな少女時代になればいいんだわ！」と結論付けていた。

他人事だと笑えるが、私は私で、妄想通りに動いてはくれないタクヤとユースケにしびれを切らし、もはや神になりたいと思っていたところだった。神も少女時代も遠い。どうしたって、なれっこない。しかし、追っても追っても近づけない幻影は、遠すぎるが故に、なんだか近くも感じられる。星を見て摑めそう、と思うのと似ている。

距離の感覚も、現実と虚構の区別も狂った私たち。なにより苦しいのは、それでもどこか冷静な自分が、自分の姿をじっと見つめていること。その視線さえなければ、私たちはもっともっと狂うことができるのに。

一〇月三〇日　水曜日

頭痛を引きずりながら、マスクを着けて街へ出る。最初はアイドルとツーショットを撮る時だけ、顔を隠すために着けていたのだが、ここ数日はどこへ行くにも着けている。顔のほとんどを覆うマスクは、私にとって仮面そのものだ。なんだか、別の自分になれた気がする。

つい気が大きくなり、普段は到底入れないような、おしゃれな服屋なんかにも堂々と入る。偉そうに「試着してもいいですか？」なんて言う。そして元から買うつもりのなかったそれを、ぶっきらぼうに突き返して見せるのだ。面食らった店員の顔が、おかしくてたまらない。私ってこんなに強かったんだ。その後ふらりと入った古着屋では、めずらしくジャケットなんて買った。マスクを着けた自分には、とびきり似合って見えたのだ。

しかし帰宅して、マスクなしで羽織ってみると、それはびっくりするほど似合わなかった。生身の私は、ジャケットひとつ着こなせないほど非力だ。

一〇月三一日　木曜日

昨夜、マスクを着けて夜道を徘徊していたせいで職質を受けたのだが、なんと今日も、別の場所で同じ警官に声をかけられた。すごくかっこいい人。できればもう一度会いたいと思っていたところだった。

「昨日も、お会いしましたよね」

相変わらずマスクを着けた私が言うと、

「ああ、そうでしたか！　そういえば、そうかも。いやあ、ごめんなさいね」

はにかむイケメンポリス。顔もさることながら、むっちりと引き締まったボディラインがいやらしい。マスクの中がヨダレでひたひたになる。

「いいえ、寒いなかお疲れさまです」

そう言って颯爽と立ち去る私。しばらくして振り返ると、なんと彼も私を見ているではないか。ポロロン、とちいさくピアノの音が聞こえた。おそらく秋にしか聞こえない恋の音だ。私はドキドキしながら友人に電話し、ことの経緯をぶちまける。すると、「告白すればいいじゃん」みたいなノリで「逮捕されればいいじゃん」と言うではないか。なるほど！　と、彼のもとへ駆け出す。しかし彼は、二人乗りの高校生カップルに説教している最中で、犯罪を起こしそうにときめいている私の存在に気付かない。結局最後までチャンスのないまま、彼はパトカーに乗って去ってしまった。あの助手席に、乗ってみたかった。

一一月

一一月一日　金曜日

二度ある事は三度あると信じて、職質目当てに街を彷徨った。逆パトロールだ。しかし奇跡は起きず、いつまで経っても彼は現れなかった。恋のピアノは転調し、虚しさを盛り立てる。なにやってるんだろう。

一一月二日　土曜日

池袋へグラタンを食べにいった。まっ白でほくほくのグラタンは、私をまるごと受け止めてくれそうな顔をしていたのに、スプーンを差してすぐにぶち当たった皿の底に、たまらなく虚しい気持ちにさせられた。中途半端な希望なんて、もう見たくもないのに。

一一月三日　日曜日

あろうことか超特急のイベントに寝坊してしまい、うなだれながら浅草に向かった。仲見世に売られている「あげまん」というポジティブな名前のまんじゅうに救われたかった。

　雷門の前には、人力車の車夫がたくさんいた。私はここに来ると、いつも彼らを眺める。ゲイか腐女子がデザインしたとしか思えない衣装は、たくましい男の身体を限界まで引き立てている。それを知ってか知らずか、彼らもちょっぴり誇らしげに佇んでいる。正しく自信満々な男は、それだけで色気を放ってしまうものだ。

　するとそのなかに、ひときわ目立つ男の子がいた。他の車夫たちのような、じっとりした色気のない、まだフレッシュな存在感。客引きも不得意そうで、あの……と声をかけては断られている。迷うよりも先に、「乗せてください」と話しかけていた。

　人力車が、こんなに官能的な乗り物だとは思わなかった。端からだと、テッテケテッテケ軽やかに走行しているように見えるが、実際乗ってみると、男たちの躍動が、ギシギシと揺れる車体からダイナミックに伝わってくるのだ。ふんばり、くねらせた腰。グッと力を入れた肩甲骨。小麦色の額にしたたる汗……。ドキドキした。アイドルからは感じられない、もっと生っぽい色気だった。

　一生懸命車を引く彼の名前は、コタロウと言った。まだハタチで、高校の修学旅行で何気なく乗ったときに、就職を決めたのだという。夢はバーの経営で、おすすめのバーはありますか？　と聞くと、ハタチの俺にはわからない、チェーンの居酒屋しか知らない、と言ってはにかんだ。はにかんでいる場合かと思った。しっかりしろと思った。しかし、フワフワした夢に向かって走る彼は、すべてどうでもよくなるくらい、愛らしかった。

そんな彼に、私は全体重を預け、ギシギシと揺らされながら、筋肉の躍動を享受している。やっぱりどこまでも、官能的な乗り物なのである。古き良き時代の女たちは、こんなふうにして、男を風俗にしていたのか。

料金は、六〇〇〇円だった。私は一万円を差し出すと、「お釣りはいらない」と言った。えっ！　とびっくりする彼。けど、その目に遠慮はまったく感じられず、ひたすら浮かれて見えた。

「あの、おれ、いっつもいますんで！　指名も、できますんで！　ぜひまた来てくださ い！」

もちろん、おひねりよろしく、という意味だろう。

「ええ、また来ます。とっても楽しかったです。ありがとう」

私は凛として礼を言うと、サッと立ち去った。マジで、また来るだろう。明日も明後日も来てしまうだろう。そして一万円払うだろう。

一一月四日　月曜日
一日下痢が止まらなかったのは、昨夜人力車に乗ったあと、酉の市の屋台で暴食したせいだ。虎のような威厳を持って佇む下町の男たちは、どれも蒸すような色気を放っており、私は呼び込まれるたびに飛びついた。いったい、どれだけ食べただろう。唐揚げ、焼きそば、たこ焼き、ホルモン、ステーキ、チョコバナナ、いかゲソ……。決しておいしくはなかった。特にホルモンは、ただでさえギトギトなうえにラー油がかけられており、口に入れた途端気分まで重くなった。しかし私は、その乱雑さから、猛烈な男の色香を感じてしまったのだ。無鉄砲に、無計画に、どこまでもどこまでも私をひっぱっていきそうな、雄々しく野性的なエロス。

通りがかった公園には地元の子供たちがいて、世田谷あたりだったら一瞬で撤去されそうな回転式遊具を、首のもげそうなほど回転させながら、猿のような奇声をあげていた。それを傍ら(かたわ)で見守る男親たちの、フェロモンと呼ぶには強烈すぎる性エネルギー……。プリキュアのリュックを背負わされていようと、アンパンマンのぬいぐるみを抱えていようと、彼らは狂おしいほどにオスだった。オスすぎた。もはや子供たちの勢いすら、彼らの精力の証にしか思えなかった。

めまいをおこしながら歩いていると、急に吉原神社が現れた。ここは二年前にも偶然訪れ、涙が止まらなくなり、前世・遊女疑惑のついたいわくつき神社である。久々に鳥居をくぐると、いつかの遊女、いつかの私の声がした。

暴れろ、暴れろ、私に代わって暴れろ。私にできなかったこと、私の悔しさ、すべて晴らしてまわれ。

喧噪に包まれる浅草は、もう肌寒いのに、なぜか夏の臭気がした。

一一月五日　火曜日

明け方、友人とのやり取りのなかで「死にたい」と送信したつもりが、「死ね」と誤変換してしまい、しばらく気づかずにいたら「わかった、今から死ぬ」と返信が来ていて慌てた。急いで訂正したが、私の言う「死にたい」って、限りなく「死ね」と似ているなあと、あとからぼんやり思った。死にたいーといじけてみせながら、本心では強く世間を呪っているのだ。

一一月六日　水曜日

週末が待ちきれなくなり、訪れた雷門。平日でもにぎわう人のなかに、例の車夫はいた。私を見つけると、タタタと駆け寄ってきて、「また来てくれたんですね！」と言う。その目はまっすぐに「おひねりちょうだい」と語りかけてきて、剝き出しの欲求が犬のようだった。

前回と同じ六〇〇〇円コースを頼むと、コタロウは私を乗せ、二〇分だけ浅草の街を走った。ここはロック座、ここは花やしき、あれはスカイツリー。

「ごめんなさい、おれ、前回も同じこと言いましたよね。なんか聞きたいこととかあったら答えるので、なんでも聞いてください」

「はい。では彼女はいますか？」

「えっ……」

沈黙するコタロウ。動揺が、車体を伝って流れ込んでくる。この車体は、肉体の躍動のみならず、精神状態まで客に伝えてしまうのか。感心していると、コタロウは、真っ赤になりながらこう答えた。

「はい、います。高校の時から付き合ってて、一緒に東京に出て来ました」

「へえ、どんな子ですか？」

「うーんと、おれからしたらフツーですけど、こないだ浅草に連れてきたら、同僚にはギャルだ！　って言われました。派手だからかなあ。兄貴……おれ兄貴二人いるんすけど、兄貴たちもそう言ってたなあ。そういえばおれ、高校では野球やってたんすけど……」

しゃべる。しゃべる。コタロウはぺらぺらしゃべった。子供のようにしゃべった。

高校を卒業してすぐ、就職して車夫になり、「バー経営」の夢を掲げたはいいものの、不安のほうが大きいはずだ。弱冠ハタチ、九州生まれのコタロウは、彼女の前ではかっこつけてしまうだろうし、まだまだお母さんにだって甘えたいはずだ。

だったら私が、コタロウの母になるしかないと思った。コタロウを徹底的に赦そうと思った。そして力つきるまでおひねりをあげようと思った。

最後に、「なにか欲しいものはありますか？」と聞いた。すると元気良く、「アメ車です！」と返された。私は、コタロウのことをバカだと思った。

一一月七日　木曜日

　父親との関係について原稿を書いていたら、手が止まらなくなり、文章が文章でなくなり、しまいには号泣してしまった。一人カフェで震えていると、友人から「大丈夫？ところで私の兄がキチガイだということが発覚しました」というメールが来て、続けて別の友人からも「私も今、実家と家庭が一気に崩壊しそうになっています」と来た。親愛なる友人たちが、同じく不幸であることが、たまらなくうれしい。

　それから三人で「エロい車夫」の写真を送り合い、盛り上がり、来たる週末に乗り回す約束をした。力車は、饐えた匂いのする裏通りを走る。三つ並んで走る。私たちはお姫様になりきり、馬になった男たちの筋肉を見て微笑みあうのだ。そして最後は落馬し、引き締まった筋肉に踏まれて死ぬ。ベチョ。

　夕闇に浮かぶ花やしきのネオンは、青白い光で私たちを弔う。

一一月八日　金曜日

　マスク依存がますます激しくなっており、食事のときなどに外さなければならないのが本当に苦痛だ。特に人の目のある場所では、ちょっとずらしただけで怒られる気がして、こわい。なので、物を口に入れるときだけマスクをずらし、咀嚼する時は戻す、というやり方をしていたら、真っ白なマスクが肉汁で汚れてしまった。牛の血と、黄色の油に染まったマスクは、ヨダレと合わさって信じられない臭さになり、満員電車のなかで私を苦しめる。それでもマスクをはずせないのは、マスクをつけた自分の顔が好きだからだ。たまに可愛いとも思うからだ。

一一月九日　土曜日

マスクのパワーはとどまる所を知らず、今日はとある古着屋で、二万もするジャケットを買ってしまった。とにかく、マスクを着けた私の強さを、示したかった。

意気揚々と吹いた鼻息を自らの口で回収しながら帰宅し、改めてジャケットを見たら、前衛的すぎて、瑛太ぐらいしか着こなせそうもなかった。サイズも合わないし、そもそもこんなもの、欲しくもなんともなかった。本当に、意地と見栄のためだけに買ってしまった。

けど後悔はしていない。店員が、「マジで？」と驚いたのを、見られたから。来週は、もっとヘンテコなシャツでも買ってやろうと思っている。

一一月一〇日　日曜日

浅草へ行くも、コタロウはおらず、曇り空のせいか、あまり気分も乗らなかった。

とぼとぼ歩いていると、どこからか太鼓の音がして、浅草で聴くと、太鼓の音すらエロいんだなあなんて思っているうち、目の前に、ねぷたの行列が現れた。

ヤーヤードー。ヤーヤードー。

力強く叫びながら練り歩く男たち。の股間。そう股間。股間が、すごかった。あんなにシンボリックに、ここにいるぜ！　と叫びだしそうな股間の群れを、私は見た事がなかった。堂々と垂れ下がっている様子が、ライオンのようにたくましく見える。ああ、一体あれは、なんと言うのだろう。バレエのタイツのごとく如実に、男たちの股間を浮かび上がらせてしまう、あの穿き物！

私は列に付いて回り、男たちと一緒になって商店街を旋回した。股間、股間、男の股間、男の太もも。これが見たくて、私、今まで生きて来たのかもしれない。

するとと、目の前にスカイツリーが現れた。チンコだ、と思った。ずっと、どうしてこんな寂れたところに建てたんだろうと思っていたが、やっとわかった。チンコだ。今、この日本で、巨塔をいきり立たせることができるのは、下町の男たち以外にありえないのだ。つまりこの街の男たちの精力が、関東中に電波を飛ばしているのだ。

導かれるように手を伸ばし、巨塔から注ぐ電波を掴もうと足掻いた。そして今までよりもずっと、テレビを見ようと思った。

一一月一一日　月曜日

急激に冷え込んだ夕時の浅草は、人もまばらで、車夫の数も少なかった。仕事終わりに急いで駆けつけた私は、やや汗ばんでいたのだが、車夫たちはちいさく固まり、木枯らしに震えている。いつもはポッポとほてる太ももが、ほんのりと鳥肌に覆われる様は哀れで、魅力が半減して見えた。ミニスカの女子高生たちだってもっと堂々としているのに、男の身体はつくづく弱い。

力車はあきらめ、代わりに浅草を探索することにした。いつもは縦に進む仲見世を、今日は横に突っ切る。ここはカツラ屋さん。ここは刷毛(はけ)屋さん、ここはおもちゃ屋さん。抱えきれない花束のように、大量のお店が飛び込んできて、そのすべてを覚えたいと思う。

ふと、マスクのなかに濃い醬油の香りが流れてきた。見ると煎餅屋があった。店先では、「若旦那」なんて呼び方をするのに丁度良いようながっしりした男が、前屈みになって煎餅を焼いており、目があうと「お兄さん、一枚食べていきな」と話しかけてきた。ねっとりした、客を逃すまいとする視線。この人は虎だと思った。バリ、ボリ、かたい、熱い、しょっぱい。

「おいしいです」

「だろう、よかったら買ってきな、うちんとこのが一番うまいからさ」

彼の言うがままに煎餅を買い込んだ。ビュウと強く吹いた風に、商店街の人たちはみんな凍えたが、私たちだけは凛としていた。焼きたての煎餅が、ぽかぽかと温かかったから。

一一月一二日　火曜日

久々に、母方の祖父母と会った。祖父は去年大きな病気をして以来、すっかり弱っており、歩き方もゼンマイ人形のようによれよれと頼りない。しかし、心は依然マッチョなままで、頼りない己を奮起させようと、過剰なまでに男らしく、横暴に振る舞う。

祖母は、祖父を丁寧にケアする。祖父は図に乗って、ますます横柄に振る舞う。ひどいときは手が出る。それでも祖母のケア精神は、びくともしない。どんな暴言も、暴力も、あらまあ、お父さんたらそんなこと……と微笑んで水に流してしまうのだ。昔は、そんな祖母のかいがいしさがイヤだった。怒ればいいのにと思った。しかし今改めて見ると、折れた腰で必死に威張り散らす祖父が、赤ちゃんにしか見えず、ぜんぜん見苦しくないのだった。赤ちゃんだからしょうがないと、思えるのだ。

きっと、祖母のなかで祖父は、昔からずっと、赤ちゃんだったのだ。ヒゲの生えた、マッチョな化け物赤ちゃんは、祖母をケアの妖怪にしてしまった。二人が並んでお寿司を食べる光景は、微笑ましくも、おぞましくも見えた。ぎくしゃくした空気のなか、母親だけは幸せそうだった。

一一月一三日　水曜日

超特急のリリースイベント。スペシャルゲストとしてビッグダディが出て来た。ショックだった。女の子たちを傷つける人選だと思った。

しかし女の子たちは、強かった。ダディのセクハラトークに、一切リアクションをしない。おどけても、ピクリとも笑わない。当然である。私たちは、若くて美しい男の子たちを観に来たのであって、オヤジのホステスになりに来たのではないのだから。ふんぞりかえるダディの前で、数百人が同志だった。さっさと退けと、視線で脅した。ダディは、みるみる萎縮していき、かわいそうなくらいだった。あんなに強い女の子たちの蔑視を、感じたことがあるのだろうか。なにか全員で、巨大な男根をへし折ったような感慨があった。

ダディがさっさと引っ込むと、今度はアイドルたちが華麗に舞った。女の子たちは、打って変わって熱狂する。いやらしく腰を振る七人の男子たち。その中央で、背中をくねらせ、振り返ったタクヤの美貌！

「まさに、ビューーティィーー！」

私たちは、確実になにかを勝ち取った。オヤジを退かせ、男の子たちを人形にしたこれは、もしかしたら自由というやつなのかもしれなかった。

一一月一四日　木曜日

ライブ後、友人とカフェで超特急の話をしていたら、興奮する友人の顔がチカチカと点滅して、やがて見えなくなった。あれ？　と戸惑っているうち、強烈な頭痛が起こり、食べたばかりのホットケーキを吐いてしまった。舌先に滲んだ酸味が胃液の酸味なのか、野いちごの酸味なのか、朦朧とする頭ではジャッジできない。とにかく今までに感じたことのないレベルの痛みで、頭を掻きむしり、涙を流し、死ぬーーーーっ！　と絶叫してもまだ痛い。母親と犬が、おんなじ顔でオロオロしていた。

とうとう倒れ込んだ私を、父親がすごい目で見ていた。千年の頭痛も冷めるような、冷たい目だった。

一一月一五日　金曜日

ほんのり頭痛の残るなか、二の酉のため浅草へ。雷門から鷲神社までは、力車の特別急行で向かった。メインディッシュの車夫を、ただの交通手段に留めるのは、また違った贅沢さがあった。

神社に着くと、次々に台を飛びまわった。今日は甘味系の店に若いヤンキーがいる確率が高く、細い眉をつり上げながら、必死にキティちゃんの非公式カステラを焼く姿は、キティちゃんの倍愛らしかった。ほくほくした罪の果実はじんわりと唾液に溶け、撤回できぬほどの早さで胃に吸収されていく。私はこの男と二人で、どこまでも堕ちていきたいと思う。

その横では、また信じられないほどのイケメンが、牡蠣を焼いて売っていた。牡蠣は、本望ですと言わんばかりの照れ笑いを浮かべ、ヒダの隙間からおかしな色の汁を垂らしていた。さすがにそれはエロすぎて買うことができない。

メインの熊手も圧巻だった。数々の熊手は、どれも地元の一家が毎年指定された場所で売っているらしく、若くてピチピチした男の子が、家族と一緒にいるところは、単体で見るよりも格別にエロかった。なぜなら、家族というのはセックスの連鎖によって繋がった組織であり、この世にセックスがあることの証明だからだ。激しくパンパン鳴らす三本締めもたまらなく煽情的だ。私は欲望全開で、とある一家の熊手に飛びついた。その家の末っ子が、めちゃくちゃ可愛かった。

「ありがとうございまーす！　お兄さんの商売繁盛を願って！　ヨォーッ！　パパパン、パパパン、パパパン、パン！　ヨッ！　パパパン、パパパン、パパパン、パン！」

もはや、笑いが止まらなかった。ずっとずっと、この狂乱のなかで浮かれていたいと思った。握るのにちょうど良い太さの熊手は、それだけでチンコっぽかった。ああいっそ、この熊手で世界をぶっ壊して回りたい。そんで横顔にパンクを漂わせるのだ。地球なんて、もう欠けても割れてもどうでもいい。

一一月一六日　土曜日

夜、どうしようもなく胸が苦しくなり、急遽友人たちと会うことに。マスクを装備し、古着屋のイケメン店員に勧められたとおりのコーディネートをして新宿へ向かったのだが、友人たちはそんな私を見て笑い転げていた。相当おかしな恰好だったらしい。思い返せば店員も、奇妙な薄ら笑いを浮かべていた気がする。本当に、頭のサイズより小さい帽子なんて流行(はや)ってるんですか？　という質問も、笑顔でかわされたし、なんでこれが五〇〇〇円もするんですか？　というイジワルな質問も、「ヴィンテージだから」の一言で済まされた。私はいつのまにか、あの店の良いカモになっていたようだ。こうなったらカモとして、徹底的に店中の商品を食い荒らしてやりたい。

一一月一七日　日曜日

偶然訪れた純喫茶で見た、古いランプの光が綺麗だった。おそらく六〇年代、日本で作られたと思しきそのランプは、思いきりアールデコを気取りながら、几帳面でマジメな装飾がどうにも日本製だった。夜は一晩中、目が開けられないほどの頭痛に苦しめられたが、あのしんしんとした光を想うだけで、自分を見失わずにいられる気がした。

一一月一八日　月曜日
巨大な熊手を抱えながら、これで地球をぶっ壊したいなんて思っていた先週の金曜日。帰りの電車で、痴漢に遭った。

満員電車のなか、最初はただ手が当たっているだけだと思った。しかし、尻だけだったのが股間にまで伸びてきたとき、さすがに痴漢だと気づいた。無理矢理振り返って相手を見ると、小太りで、ハゲていて、おまけに鼻毛まで飛び出した中年の男が、醜い顔でウインクした。ぶったおれそうになった。こっちはコンプレックスまみれの顔をマスクで覆い、やっと安心して街を歩いているというのに、こいつの謳歌する自由はなんだ。なぜお前は、そんなにも自分に甘くいられるのだ。

ガラスに反射した男の顔は、きらめく夜景と合わさったって、すこしも美しくはならない。それに比べ、マスクを着けた自分の顔は、やはり可愛い。股間をまさぐられながら、表情の練習なんてしてみる。すこし困ったような目付きが、驚くほど決まって見えた。

駅に着き、逃げるようにホームへ降りると、男は私の腕を掴み、頼むからオナニーを見てくれと懇願した。膝が震えるほど怖かったはずなのに、気がつくと、男と狭い個室トイレに入っていたのはなぜだろう。

男は巨根だった。しかし驚いたのは、巨根を取り出した瞬間の顔だった。眉間の辺りから漂う、巨根ひとつですべての欠点を帳消しにせんとする傲慢さ。帳消しになんて、なるかよ！　と呆れつつ、それしか誇りのない男が哀れになり、「おっきい」とほめてやる。ニヤリとほくそ笑む顔がまた哀れだった。

男のオナニーは滑稽だった。一生懸命いやらしい表情をつくり、私を挑発するのだが、なにせ立派なのはチンコだけなので、まったく恰好がつかない。せっかくの機会なので、ちょっぴり握らせてもらった。もうどうにでもなれと、舐めてもみた。拳のなかで、男の巨根はまるで無機物のようだったし、なにか特別な味がするわけでもなかった。あーあ。ずっと夢みていた男のチンコというのは、こんなにも味気ないものだったのか。浅草の熊手のほうがよっぽど躍動的じゃないか。

男が果てると、今度はキスを迫られた。それすら、欲しけりゃどうぞとくれてやった。ファーストキスだった。

そのお代として、五〇回ほど耳元で「可愛い」と言ってもらった。

可愛い　可愛い　可愛い
息継ぎでブヒ、と鼻を鳴らす男。苦しそうだったが、続けさせる。

可愛い　可愛い　可愛い……。


その晩、犬に風船をくくりつけて、街を散歩する夢を見た。すこし強い風が吹いたとたん、犬はフワーッと飛んでいき、あっというまに見えなくなってしまった。周りの人は笑っていたが、私はなされるがまま飛ばされていく犬の非力さが、悲しくてたまらなかった。

一一月一九日　火曜日

目が覚めると、顔が変わっていた。なんだか全体的に、青ざめている。顔を洗って、化粧水をつけても、まだおかしいままだった。気分転換に、浅草にでも行こうかと思ったが、できるだけ人の熱を感じたくなかった。柿を剝いたから食べなさい、とやってきたおばあちゃんのやさしさも、なんだかつらい。

それから家を飛び出した。自転車で、豪快に紅葉を散らしながら、どこまでも走った。

一一月二〇日　水曜日

今日になってやっと、私は傷ついている自分を認めた。たぶん、男の手が伸びてきたときからずっと、傷ついていた。なのに抵抗せず、逃げもせず、その後のお誘いにまで付いていってしまったのは、男に勝ちたかったから。勝てると思ったから。

私はいつだって何かと戦い、勝ち進んだ気でいるのに、ある瞬間、圧倒的敗北に気づいて愕然とする。一体、私はなんに、勝ちたいのだろう。

男の顔は、ボンドで貼り付けたかのように、脳のまんなかにへばりついている。まだ完全には乾いていないようで、ネチョネチョとした感覚が、限りなく気持ち悪かった。

一一月二一日　木曜日

近所の純喫茶に入り、アールグレイの紅茶を飲みながら、お気に入りの詩集を読む。そのうち、常連と思しき男性客がアコーディオンの演奏をはじめたので、じっとそれを眺めた。

小学生の頃、運動会でアコーディオンの演奏を任されたのだが、イモムシのように律動する蛇腹がおそろしくなり、本番になって急に弾けなくなってしまったことがあった。あの時、いっそ思いきり怒られたかったのに、妙になぐさめられたりなんかして、居心地が悪かった。

やさしく、まろやかなアコーディオンの音色は、あの日、惨めだった私を成仏させてくれたような気がした。蛇腹は相変わらず、イモムシに見えたけど。

店を出て、今度はちいさなアンティークショップに入った。ほとんど趣味でやっていて、商売っ気みたいなものがまるでないんですの、近所の奥様たちとこうしてお茶を飲むために、毎日お店に立っているんですわ、と言って笑ったおばあさんは、私にも紅茶をいれてくれた。奥様方も、どうぞと言って、輪に入れてくれた。輪の中心には、ちいさな電気ストーブがあり、ぐるぐると首を回しながら、それぞれの足を温めていた。その中に、私の足も並んでいたことが、なんだかうれしかった。

一一月二二日　金曜日

おそらく、心というのは花の形をしていて、幾重にも折り重なった花弁が邪魔になり、なかなか本心が見えないつくりになっている。あの日以来、そんな心のどこかから、強い感情を発している自分を感じていた。しかし、めくれどめくれどそいつは現れず、今日になってようやく発見することができた。もし泣いていたらどうしよう、どう慰めればいいんだろうなんて心配していたら、意外や意外、そいつは怒っていた。強く強く、怒っていた。

深い傷の、そのさらに奥にあったのは、悲しみでも、喪失感でもなかった。怒りだった。あの男に対しても、自分に対しても、同じくらい。

なんだか安心した。私は、私のために怒ることができるんだ。当たり前であるはずの発見に、涙がこぼれた。

一一月二三日　土曜日

私は、神様になろうと思う。大勢の人から崇められる神でも、ありふれた物に宿る神でもない。私自身が尊ぶ、私自身の神になるのだ。神になった私は、正しく自分を肯定し、正しく自分を守る。どの瞬間も、絶えず自分を愛し続ける。

現時点の私は、神とは程遠い。痴漢には付いていってしまうし、古着屋にはカモにされるし、アイドルの前ではコンプレックスに狂っている。自己愛ばかりが肥大し、その中で足掻くことしかできない。

しかし、あの経験を通して感じた怒りが、なにか突破口になってくれそうな気がしている。のし上がるきっかけのような、原動力のような。
けど、わからない。もしかすると、なにかを得たということにして、心を落ち着かせようとしているだけなのかもしれない。
わからない。本当に、わからない。

一一月二四日　日曜日
街へ出て、あちこちの店でラブリーなものを買い込んだ。アンティークのランプや、パールのイヤリング。お月様のブローチに、ねこちゃんのぬいぐるみ。あと、ビンテージのボタンも山ほど買った。オマケにもらったちいさなハーモニカもお気に入り。
両手いっぱいに抱えた、ラブリーでファンシーなグッズたちは、一団となって、忌まわしい記憶を押し流そうとしている。すさまじい激流に溺れる男の顔を、私はねこちゃんと一緒に眺める。

一一月二五日　月曜日
一日中、リカちゃん人形で遊んでいた。狭い箱のなかには、色とりどりの洋服や、ゴム製のパンプスが並んでいて、どれを着ようか迷うのが楽しい。見方を変えれば、それしかすることがない。コーディネートが決まったところで、彼女はどこへも行けないし、誘ってくれる友達もいない。ドアの向こうには世界すらない。
　思考しないリカちゃんは、それがどんなに退屈かということを知らない。けれど、空っぽのコップにあたたかな紅茶を見いだすことはできる。今の私には、その方が贅沢なことに思える。

一一月二六日　火曜日
　リカちゃんの箱庭を充実させるため、下町のおもちゃ問屋へ。店中に並んだリカちゃん用のミシン、帽子、ハンバーガー。揚々と選ぶ最中、私の人生は、彼女の黒子としての価値しかなくなる。
　帰宅し、買ってきた小物を並べていると、今度はまるで世界を創っているような錯覚に落ちた。自我もなく、素っ裸でも平気で転がっているリカちゃんの微笑みは、まさしくイブそのもの。だとしたら、アダムなんてやつとは決して出合わせたくないし、罪の果実など決して実らせはしない。けど、どうしたってリカちゃんは、いつかは出ていってしまう気がする。ピンクの縁のドアから、もしくは開け放たれた天上から。

一一月二七日　水曜日
　朝起きると、リカちゃんのカーペットや小物がいくつか無くなっており、急いでゴミ箱を確認したら、空っぽになっていた。急いで集積場に走ると、すでにひとつのゴミもなく、袋からこぼれ落ちたと思しきドラッグストアのチラシが、ぽつんと転がっているだけだった。

犯人は、父親に違いなかった。父親は昔から、こうやって私の世界を壊しにくる。一度だけ、犯行に及ぶところを見たが、すごい顔だった。殺人鬼の目だった。私は恨まれてるんだと思った。

小学校のころ、男の子たちの間でミニ四駆が流行り、なんとなく欲しいとつぶやいてみたことがあった。寡黙な父親はパアッと華やぎ、すぐさまトイザらスへ連れていってくれ、誕生日でもなんでもないのに、立派なカーブ付きのコースと、ミニ四駆を三つも買ってくれた。

幼い私は、その変化がショックだった。ありがとうと、喜ばなければならないことがつらかった。

結局、ミニ四駆は組み立てることすら出来ず、翌日にはふたたび、女の子たちとままごとに興じていた。あの日以来、父親は私の物を捨てるようになり、私のなかの少女性を憎みはじめた。まるでおもちゃたちに、おれの息子を返せ、とでも言うように。

しかし今朝、味気なくなったリカちゃんハウスを見て、どこか安心している自分がいた。きっと父親の憎悪に、共感したのだ。なぜなら、私も、私が嫌いだから。いっそ同志として、一緒に私を殺さないか。

一一月二八日　木曜日

なんだか髪型が決まらないな、と思っていたら、決まらないのは顔のせいだった。急いでマスクを着け、伸びたえりあしを切ろうとハサミを握る。手鏡を使い、初めて見た自分の横顔は、正面どころではない醜さだった。マスクを着けていても、醜い。発狂しそうになる。

諦めてたまるかと、がむしゃらに切りまくったえりあしが、ますます顔のおかしさを際立てる。茫然と洗面台を毛まみれにしながら、立体として生まれたことを後悔する。

帽子をかぶり、マスクを着け、マフラーでえりあしを隠して街へ出た。癒されたくて入ったカフェでは、怪しすぎる風貌の私を、店員たちが笑っていた。

一一月二九日　金曜日

ディズニーランドに行った。はじめて使ったアフター6パスポート。暗闇のディズニーランドは、それぞれがそれぞれの幻想を追うことに必死で、誰とも目が合わなかった。

私は久々に、マスクをはずして歩く。ガーゼ越しには感じられない、キャラメルの匂いや、しょっぱい肉の匂い、楽しそうな人々の雰囲気を、思いきり謳歌した。ホーンテッドマンションでは、浮かれる死霊にあこがれ、あんなオバケになりたいね、と感想を言い合う。

次に乗ったのは、暗がりから一転明るいピーターパンの乗り物だった。列のほとんどが親子連れで、ジッと刺すような子供たちの視線が怖い。私はせっかくはずしたマスクをつけなおし、ひたすら沈黙する。
　突然、シンデレラ城の方から花火があがった。列のあった場所からは屋根が邪魔して見えず、その場にいた全員が咄嗟にしゃがんだ。私と友人だけは、ポカンと立ち尽くしていた。

一一月三〇日　土曜日
　ピーターパンのあとは、シンデレラ城で、ガラスの靴の展示を見た。周りはカップルだらけだった。私たちとカップルとでは、ガラスの靴に向ける羨望のレベルが、まったく違っていた。わあ綺麗〜というカップルたちの軽さに対し、もっと胃のさらに奥のほうから滲み出たような声が、私たちからは出る。
　ふかふかのクッションの上にお行儀よく座ったガラスの靴は、どんなちいさな光も逃さず、魅力として取り込んでいた。その美しさが、観衆を断絶させているとも知らずに。

一二月

一二月一日　日曜日

友人たちと、焼き肉を食べにいった。その途中、人で溢れる交差点を、闘争心全開で渡っていくNさんの背中を見ていたら、生きるエネルギーに圧倒された。すごいねと興奮して言うと、「だって私、死にたくないし」と返され、なにか新しいものでも見た気持ちになった。

夜になっても興奮はおさまらず、眠る寸前になってやっと、強く生きねばと思った。それはとても静かに、力強く、まるで死のような眠気に引き込まれながら。

一二月二日　月曜日

大好きなファンシーショップで、新作のブローチを買う。ぷっくりしたピンクのハートから、ぴょろんとおちゃめな線が飛び出ていて、先っぽにちいさな星がとまっている。一目見ただけでハイになり、調子に乗ってどんどん買い物をしていったら、貯金のほとんどがなくなってしまった。

両手いっぱいに抱えたガラクタは、すさまじい重さになり、指を鬱血させる。痛みに顔をクッとゆがめてから、幸せだと思った。

一二月三日　火曜日
用事を済ませた帰り、駐輪場に着くと、五、六人のヤンキーが私の自転車を蹴飛ばして遊んでいた。衝撃を受けるたびにビクンとうねる様が、中学時代の自分と重なり、そりゃあ蹴るのも気持ちよかろうと思う。私は物陰からそっと見守り、彼らが去ってからやっと自転車を起こしにいった。なぜ助けてくれなかったんだという声は、聞こえないふりをした。今日は誕生日だった。

一二月四日　水曜日
久々の浅草。人力車に乗った。最新式だという車体は、より強く車夫の躍動を伝導したが、どうも気持ちが入ってゆかず、マンネリセックスとはこういうことかと知った。かつて愛した街の喧噪も、今はなんだか鬱陶しい。
おでん屋では、有線から超特急の新曲が流れていた。しかし車夫と同様まったく心が動かず、自分のいる場所がわからなくなった。車夫の色気も、タクヤの美貌も感知できない、ここは一体どこだろう。
アツアツの巨大なはんぺんは、嚙まずに飲んだせいか、胃のほとんどを埋めてしまった。それをいいことに、私はわざと暴食し、パンパンになった胃をさすりながら、あたかも心を満たしたような気になった。

一二月五日　木曜日

今までアイドルとして奉ってきた男たちは、こぞって私に苦行を強いたが、かわりにめくるめく恍惚があった。お金も体力もすべて使い、完全に破滅してしまう寸前に一瞬だけ見える幻影は、決まってアイドルそっくりに変身した自分の姿だった。あれを見るためだけに、私は様々な現場を渡り歩いてきたのかもしれない。

雑誌をめくれば、たくさんのアイドルがいて、街にもイケメンが溢れ返っている。だからお願い立ち上がって、と己に檄(げき)を飛ばすも、脚はふにゃりと丁寧に畳まれたま、ぴくりとも動かないのだった。

一二月六日　金曜日

新大久保へ。夏以来、久しぶりに訪れたAくんのお店には、Aくんがいた。爽やかだったボブヘアは少しだけウェイビーになり、心なしか大人っぽく見えた。Aくんは、身分詐称まで犯した私のことなどすっかり忘れていた。しかし、少しも胸は痛まないのだった。彼はもう、完全に私のアイドルではなくなり、過ぎ行く景色のなかの一点になったのだ。

肉とキムチの香りが充満する店内には、爆音でBIGBANGのライブDVDが流れ続けていた。めいっぱいアルコールをあおって鑑賞するも、決してハイにはなれず、窓から漏れる風から、季節が動いたことを知った。

一二月七日　土曜日

怪しげなカフェで巨大パフェをむさぼった。しかしどうしても完食することは出来ず、無惨に溶けていくアイスを前に、不甲斐ない気持ちでいっぱいになる。とろけるような甘みを知りながら、もう手を動かすことができないなんて。

「きっとそういう時期なんだよ」

友人が言った。聞くと彼女も同じような状況にいるらしい。

「私たち、冬眠してるんだよ。春になればきっと、目覚めが来るはず」

ストンと納得した。そうか、私はいま、退屈な夢を見ているんだ。

だったら一刻も早く、春が来ないものか。ちんたらと動く空がもどかしい。ヒモを巻いてピッと引き、コマのような速さで地球を回転させてやりたい。

春になったらまた、アイドルを狩り、神として信仰し、パフェだって完食してみせるだろう。私はほとんど液体になったバニラに復活を誓いながら、うららかな春の小川を想った。

一二月八日　日曜日

駅前の路上歌手があまりにも不憫（ふびん）だったので、関心のあるふうを装い、一曲聴いてやる。しょうもない歌声と、まぬけなアコースティックギターの音色は、どうも気力を削いだ。

「おれ、昔のど自慢に出たことがあるんですよ」

ハタチぐらいの男の子の言う昔って一体いつのことだろう、と思いながら、へえーと返す。

「あ、もしかして疑ってますか？　うそじゃないっすよ。証拠見ます？」

どうでもよかった。きっとそれだけが、彼を路上で歌わせる理由なんだろう。

毛玉だらけのニット帽のなかに、お礼を言って、おひねりを入れる。

お金を貰うなんて、はじめてです！　と感激する笑顔はそれなりにまぶしかったが、冬眠をさますほどの威力はなかった。

一二月九日　月曜日

山を駆けることを禁じられ、感情すら封じられ、他人の見いだした価値に添って生きることを強いられたかぐや姫。男たちは虫のようにむらがり、翁（おきな）は抵抗する姫を責め、媼（おうな）は味方でも非力だった。

姫は絶望し、こっそりつくった中庭の菜園に駆け込む。茂る草木に、かつて愛した山の自然を想った。そこへ翁が来て、またも姫を責める。もはや広いお屋敷のどこにも拠り所はなかった。

そしてとうとう、願ってしまった。月へ帰りたいと。

きたる十五夜の晩、姫は月へ帰ることとなった。翁も嫗も嘆き悲しみ、姫も泣いた。姫が言うに、月の世界には悲しみも苦しみもなく、静寂だけがあるという。それはつまり、死の世界ではないか。

別れの間際、翁は自らの間違いに気づき、姫は苦しみすら、生きる喜びだったと知る。月の力は絶大で、数千人の兵を投じた抵抗も虚しく、姫は天に昇っていった。華やかに、きらびやかに、光の尾を揺らして。

姫の周りには、決して悪者はいなかった。だからこそ、姫は死んだのだと思う。

一二月一〇日　火曜日

姫の犯した罪と罰とは、なんだったのか。身に覚えがあるからこそ、一晩たっても胸が痛い。

「高貴なる姫君」というあり方を、姫に押し付ける翁の悪意のなさは、まるっきり父親とかぶって見えた。それを拒絶し、ちいさな菜園に駆け込む姫の孤独も、私と同じだった。

私は、男らしくあれという父親の期待を裏切り、六畳の部屋をフリフリのきらきらにして生きている。やがてフリフリのきらきらは部屋を飛び出し、父親の棲むリビングにまで及び始めている。父親はなかば発狂しながら、フリフリを引き裂き、きらきらをゴミ袋に投げ入れる。

そんな父親の行動を今まで悪意、もしくは殺意と受け取っていたが、翁の姿を見て、そうではないと悟った。

父親は、私を愛している。正しくは、私のなかにきっと眠る、男らしい私を愛している。フリフリのきらきらは、父親にとって、愛する息子を覆ういばらなのだ。

父親は愛おしい息子の名前を叫びながら、必死にいばらを進む。その先に、ドレスをまとった息子がいるともしらずに。私は父親を絶望させまいと、ますますトゲをふやし、ツルを張り巡らせる。なぜなら、私も父親を愛しているからだ。

一二月一一日　水曜日
アイドル繋がりの友人が、「私は自分の女性性を認められないし、押し付けて来る世間も嫌だ」と言った。ここにもかぐや姫がいたと思い、私もそうだよ、と返す。
私たちはタクシーを輿(こし)にし、銀座を横断しながら、だからアイドルに憧れてしまうのかもね、と言いあった。自分であることを目いっぱい謳歌し、輝くアイドルに憧れて、あがいて、だけど決してああはなれない。先日、美容整形クリニックにいくら積めばアイドルの顔になれるかと聞いたら、「二一〇〇〇万。ただしろくに似ない」と言われた。友人は笑った。私も笑った。運転手は硬直していた。
究極の欲望を言えば、いっそアイドルを食べたい。食べて、同化したい。アイドルの鍋、アイドルの刺身、アイドルのステーキ……。

うっかりヨダレを垂らした私たちの罪と罰は、かぐや姫よりもよほど重く、帰る月の国もない。

一二月一二日　木曜日

いばらが父親に伐採されてしまったため、街中を駆け回り、肥料を調達した。この間振り込まれたお金が、ものの三分で消えた。もはや、労働のすべてがいばらの栽培のためにあって、命すら、いばらのために使われている。

一二月一三日　金曜日

ふらりと健康ランドにいった。人前で裸になることに抵抗はあったが、ひとつひとつ武装を解除してゆき、最後にマスクをはずしたときの解放感はすさまじく、充満する塩素の匂いにすら感謝があふれた。私はずっと、裸になりたかったのかもしれない。

シャワー台にずらりと並んだ男たちの背中はどれも美しく、薄明かりのなか、まるで羊羹(ようかん)のように輝いていた。イスにつぶれた、果実のようなお尻も愛らしい。

私は泡風呂に興奮を隠しながら、贅沢なお花見を楽しんだ。のぼせて真っ赤になった顔に、春の訪れを知った。

一二月一四日　土曜日

今日も健康ランドへ行き、泡風呂で咲き乱れる絶景を楽しんでいたら、無数に分裂していく泡と一緒に、男に対する欲情まで解体されていった。最後に残ったのはやはり、コンプレックスだった。私は男に触れたいのではなく、結婚したいのでもなく、あの身体になりたい。

鍛えれば鍛えるほど細くなる腰、折れそうに繊細な首まわり、コチコチと浮く肩甲骨。ふいに鏡に映った自分を見て、卒倒しそうになった。この生き物は、なんと太っていて、なんと醜いんだろう。絶望する横を、ヨボヨボのおじいさんが通る。おじいさんですら、ピンと伸びた脚が魅力的だった。

サウナに飛び込んだ。二〇分ほど経つと、せいろで蒸されるシュウマイの気持ちがわかるようになっていた。窓の外には、相変わらず色とりどりの花が乱れ咲き、ぴちぴちと水をはじいている。シュウマイは湯気を立たせながら、いつか花になる夢を見た。

一二月一五日　日曜日

喫茶店であんみつを食べていたら、向かいのテーブルにいたちいさな女の子が笑いかけてきた。白玉を頬張りながら微笑みをかえすと、女の子はうれしそうにはしゃいだ。続けてさくらんぼも、あんこも、ひときれのミカンも、彼女の微笑みとともに咀嚼されていった。

すべて食べ終えると、女の子に手を振って席を立った。女の子はさよならの意味がわからず、突然消えてしまった遊び相手に泣き声をあげる。私は、その悲しみがあの子の人生を永遠に蝕んでしまうような気がして、振り返ることができなかった。

一二月一六日　月曜日

一日中健康ランドにいた。薬湯で身体を温め、サウナで汗をかき、温水プールでウォーキングをしながら、男たちを見て溜め息をつく。かつて桜景色に例えたそれは、今は魅惑の通販カタログとなり、ひたすら羨望を煽る。

浴槽の淵には、しっとりと濡れた男子大学生が座っていた。毛まみれの下半身すらその情緒を壊さず、人魚のうろこのように輝いている。

鏡の中には、トドがいた。トドはあわててアカスリに走った。

一二月一七日　火曜日

売店で買った子供用のうきわに摑まり、一五メートルプールを七〇往復する。息を切らせ、全身ヨボヨボになりながら岸にあがると、しみじみトドの気持ちになった。泡風呂に移動し、今度は腹筋を二〇〇回こなす。途中首がつり、視界がゆらめいて、プカーと力なく浮かんだ。大丈夫ですか!?　と声をかけてくれた人が二人いた。

サウナの横には冷却ルームがあり、何人かの男たちが涼んでいた。室内は寒色に塗られ、天井には星を模した電球が張り巡らされている。そのきらめきのなかにシリウスの星座を見つけると、私はきっと男らしくなろうと誓った。

一二月一八日　水曜日

男らしさというのは肉体のみならず、動作も肝心だということがわかってきた。男たちは、とにかく可動域が狭い。ロボットのように、コチコチとしか動かない。じっと観察していたら、どうやら身体のまんなか以外の部分、手足などの末端には、意識が通っていないようだ。たまにいる都会的な、見られることを知っている男の子たちには、さすがにすこしは意識が通って見えたが、女子ほど徹底してはいない。逆に、二〇人に一人の割合でいるゲイたちには、自意識が通いすぎていた。私の属性もここ。よくできたフィギュアのように、しんなり、はんなりと動きすぎる。

自意識を捨てようと思った。「私」を指すパーツは、身体のまんなかにしか存在しないことにする。首ねっこに力を入れ、手足を忘れて歩くと、たちまち男らしい動作が完成した。めざましきトドの進化。湧き上がる喜びを隠し、風呂を出ると、あぐらをかいて自販機の焼きおにぎりを食べた。

休憩室のテレビからは、うすら寒いバラエティ番組が流れている。いつもなら目もやらないそれを、周りの人たちと一緒になって見る。その瞬間、テレビは至上の娯楽となり、私は至って普通の男として世間に埋没した。

一二月一九日　木曜日

男らしくなって、どうしたいのだろう。少しずつ胸筋がつき、締まっていく身体を眺める。今まで感じてきた恋や性欲は、すべてコンプレックスの裏返しだった。しかし、自己愛やコンプレックスから、完全に隔絶された他者への欲望なんてものがあるのだろうか。

とにかく今は、黙々とシリウスの誓いを果たそう。

一二月二〇日　金曜日

休憩室で映画を見ていたら、どう考えても反吐（へど）の出る内容なのに、まわりの全員が泣いていた。嗚咽する人もいた。ここで泣かないと、せっかく馴染んだ世間からはじかれる気がして、咄嗟に焼きおにぎりを目に当てる。熱気を吸ったまぶたがヒリヒリと痛んで、じわっと涙が滲んだ。

外に出ると、ひどい雨だった。傘は盗まれていて、濡れながら帰る。容赦ない雨粒が、まだ不安定な男の塗装を、ペリペリと剝がしていった。

一二月二一日　土曜日

冬もあけぼの。

いちはやく目覚めた雲がラベンダー色に染まり、真っ黒な山はだんだんとナスの色を目指す。そこへ空の青が射し、最後に陽が轟く。すべてそろってから鳥が鳴き、朝を仕上げた。

屋上の露天風呂から、平安と変わらない景色を眺めていた。この雄大さのなかでなら、自分のことを、愛おしい存在だと認めてもよかった。

一二月二二日　日曜日
似たような背格好の男の子が三人やってきて、温水プールの手すりにいち・に・さんと並んだ。ぷりぷりのお尻をはずませながら、バレエの動作をいくつか披露する。美しかった。ムキムキでもやせすぎでもない体格と、端々まで自意識の通った仕草。もうすぐ発表会があるらしく、アン・ドゥ・トロワの合間に怒号が鳴る。
もっと手をあげろ、もっと背を反らせ、おい表情も忘れるな。
私は筋トレも忘れ、彼らに見入った。求めていた美しさが、すべてそこにあった。

一二月二三日　月曜日
「目が死んでいる」と指摘され、慌てて鏡を覗くと、本当に死んでいた。
死んだ目は、焼かれてパサパサになったサンマのそれと同じで、すこしの光も映さない。

いつ死んだろう。思い返しても、わからない。きっと、わからないくらい徐々に、ジワジワと死んでいったんだろう。

目玉の命日は、今日ということにする。

一二月二四日　火曜日

聖夜に超特急のイベントへ。両手に握ったペンライトは、一年間酷使したせいか、光も絶え絶えで、湿ったマッチのごとくたよりない。

それでも、マッチの見せた幻影は美しく、タクヤとユースケが涙を流し、抱き合っていた。私は喉を枯らして叫び、喝采をおくる。やがてペンライトがこときれると、イベントも終わり、見上げた巨大観覧車は、闇を乗せて回っていた。

一二月二五日　水曜日

銭湯の水面に、無数の垢(あか)が浮いていた。人間はタマネギで、剝(は)ごうと思えばいくらでも剝げると勇気のわくような、垢の群れ。いっそ筋肉すら剝いで、薄皮のほうせんかになってもいい。

アカスリに走った。でっぷりとした背中を、赤いネイルの指がすべった。

摩擦で真っ赤になった身体に、唐辛子の湯が染みる。

一二月二六日　木曜日

男性更衣室にはおばさんスタッフが巡回していて、掃除やら備品やらのチェックをしている。彼女たちがこの空間で働けるのは、「おばさんは性的ではない」という、誰かの無邪気な偏見があるからだ。おばさんたちは、きっとすべて知ったうえで、優しく客にサービスする。オヤジたちは、タオルとってえと子供のように甘えている。この世で幸せなのは、まったくこいつらだけだ。

一二月二七日　金曜日

東京の温泉に行き、無数の湯をめぐって汗をかく。情緒溢れる露天風呂には、数名の男の子たちがいて、ボディラインまで東京然としていた。

おしゃれな身体の男の子たちは、延々すけべな話で笑いあっている。岩風呂には楽園のごとき平穏が流れ、ひとりの敵も存在しない。ペニスをつけ、必死に戦った、ヘンリー・ダーガーのヴィヴィアン・ガールズを想う。彼らには、彼女たちのような戦闘はなく、武器を武器とも知らない。

一二月二八日　土曜日

有名なスーパー銭湯。ひしめく人と、ひのきの香りが、森の景色を作り上げている。

私は苦い雑草になって、花や木や、浮かれて飛ぶ鳥を眺めていた。風にそよいだついでに、ぱたりとストレッチをしてみると、無理に伸びた背中がすこしだけちぎれた。そんな雑草の惨めさを、誰も気にとめはしない。雑草はそれでいいと思っている。

すると森に、堂々たる、あまりにも堂々たる、一匹の牡鹿があらわれた。牡鹿の太ももはたくましく盛り上がり、その間にぶら下がったものの、目を見張るような大きさ。

森のボスは、一瞬でこの牡鹿に決まり、それまでいばっていた杉の木や小熊は、シュンと背中を丸めた。草花はひざまずき、牡鹿に敬意を示している。雑草もそれに倣うが、さきほどケガした背中が、うんと痛むのだった。

一二月二九日　日曜日

深夜の健康ランド。よっぱらいがサウナで寝ていて、腐った湯ダコのような色になっていた。危険を感じ、スタッフに知らせると、サウナの電源は切られ、よっぱらいが救助された。よっぱらいは脱水症状を起こしながら、暴れていた。そして、指を抜くんだーっと叫んで、指という指をギュウギュウひっぱりはじめた。スタッフ三人がかりで制止するも、ひた走る男の狂気にはかなわない。

男は必死にひっぱった。顔を赤黒くして、ひっぱった。

指は抜けなかった。スタッフは安堵していた。

私は、よっぱらいの夢が叶わなくてかわいそうだと思った。

一二月三〇日　月曜日

平和ないばらの園。年の納めのティーカップ。どうも頭痛がすると思ったら、トゲのついた茎の隙間から、ヘビのような黒煙が立ちこめていた。火をつけたのは、父親の亜種であり、私の亜種でもある生き物たちだった。遥か遠くでたいまつを掲げ、出てこい、出てこいと怒鳴っている。

私は、すこしだけ開いた窓から逃げた。おぞましい亜種の宴から、命がけで逃げた。ひえたコンクリートは足の裏を凍らせ、炎とは正反対のやり方で私を傷つけた。

一二月三一日　火曜日

死に場所を探すように、街をさまよう。人々は、クリスマスの比ではないほど浮き足立っていて、すれちがう誰とも共感できそうにない。路地裏のベンチには、ホームレスのおじさんがいて、あつい缶コーヒーを、まるで褒美のようにすすっている。よれた帽子には、ハッピーニューイヤーと書かれたピックが刺さっていた。

巨大なチリトリが空を覆い、適合者だけを来年に連れて行く。どうせ置き去りにされるなら、両手いっぱいの買い物をしておこう。しかし、お金を使い切るより先に、お店が閉まってしまった。

ホテルはどこもいっぱいで、結局辿り着いたのはスーパー銭湯だった。人の大勢いる仮眠室に埋没しながら、チリトリの慈悲を願う。冥土の土産には、コーラフロートを選んだ。

なんてことなく、年を越した。カウントダウンの瞬間、背後にいた少女たちが、思い切って叫ばない？ と相談しあっていた。周りは聞き耳を立て、少女たちの企みに期待する。しかし結局、少女たちはその重みにつぶれ、いっさい口を開くことないまま新年を迎えた。私は、ため込んだやる気を一二時をまわって四分ほど置いてから、ふうと吐き出す。

大きな窓の外には、遊園地と、東京ドームの電飾が無数に光っており、ひとつの銀河系をつくっていた。ヘリ避けの赤いランプは、まさしくスーパーノヴァの輝きだった。

二〇一四年一月

一月一日　水曜日

遊園地の向こうから、明けていく空が見えた。御来光は神のごとき威厳を持って轟き、照らされた者から順に新年の称号を得る。ジェットコースターは腸のようにうねって暴れ、観覧車はお行儀良くおすわりし、それぞれ光に媚びている。やがてドームの屋根が、いっぺんに白く照らされると、その反射が私を正式に新年へと誘った。完全に朝になると、はんぺんのような屋根の上を、ポーンポーンと正月の妖精が跳ねるのを見た。

一月二日　木曜日

亜種たちは、いまだいばらの周りを占拠しているらしく、今日も銭湯に立てこもるしかない。

気晴らしに、ペンダントのラインストーンを付け替えようとニッパーで挟んだら、パリーンと割れて、手が血まみれになった。見るとニットのセーターにも、無数の破片がまぎれこんでいる。DNA状の縫い目に混入したガラスは、イヒヒと笑って、さらに奥まで潜り込もうとしている。なにか取り返しのつかないことをしてしまった気がした。

一月三日　金曜日

カフェの小窓から、正月のセールに張り切る、ちいさな革靴屋が見えた。一家総出で詰め込んだと思しき福袋は、充実した中身によっていびつに歪んでいる。持ち手には、紅白色のリボン細工がなびいていた。

ラックに陳列する気分は、どんなだったろう。おそらく、客の笑顔、それを受けた自分の笑顔、完売の快挙にはしゃぐ孫の顔と、いずれも幸福にまみれていたはずだ。
　夕時になってふと見ると、福袋はひとつも減っていなかった。人通りも良く、客入りも悪くないのに、誰もラックには目をくれない。とうとう誰にも買われないまま、店じまいがはじまった。店主の猫背はせつなく曲がり、乱暴に福袋をまとめる腕は、向かいのバーのライトで、ほんのり青く染まっていた。

一月四日　土曜日
もう四日も経つというのに、いまだ衰えぬ年賀の力。ファッションビルの前では、男の子たちが毛先をウニのようにとがらせ、お年玉を片手にいばっていた。ウニはウニのくせに風にそよぎ、繊細な身を守る覚悟がまったくない。
　一方、年末から休みなく働く定食屋のバイトは不憫だった。やせこけた指、覇気のない目、荒れたほっぺ。しかしチラリと覗いた休憩室で、いつもは帽子に収まっているロングの黒髪が、のびのびと揺れていた。それはウニよりも、すれ違うどんな人の顔よりも、躍動感に満ちていた。

一月五日　日曜日
年賀ムードは半減し、ほとんどいつもの日曜日になった。雑踏のウニはぺたんとしぼみ、革靴屋はセールを取りやめ、人々は重い鎖をひきずって歩く。

ざまあみろと笑いながら、さみしかった。私はまだ、お餅も食べていないし、門松だって見ていない。待ってというのに、チリトリは正月を掃いてった。

一月六日　月曜日

せいろを開けると、蒸されたアサリが極楽だようと微笑んでいた。サウナかなにかと勘違いしているのだろうか。箸でつまみ出し、ちょろりと出た目に噛み付くと、アサリはもうなにも見えなくなって、ようやく己の運命を悟る。まもなく自慢の腹は引き裂かれ、溢れ出る臓器は走馬灯のゼンマイとなった。愛おしい故郷。養殖場の網のなか。網の隙間から流れる潮に乗り、コチコチと殻を鳴らしあった仲間たちに感じていたものは、もしかしたら愛というやつだったのかもしれない。

アサリは砂抜きが甘く、カルシウム不足の歯にはこたえた。もう二度と、ここのアサリ蒸しは食べたくない。

一月七日　火曜日

浴槽で尻を鍛えていると、自分と似た体型の男が悠然と歩いているのが目に入った。男は露天風呂の絶景に酔ったのか、偉業を成した漁師のように仁王立ちしている。

みっともなく垂れ下がった尻を睨みつけると、その世界一情けない割れ目から、アカンベーとベロが出てきそうな気がした。

一月八日　水曜日

真夜中の銭湯で遭遇する、延々と身体を鍛え続ける中年男性。努力の甲斐あり、胸はスーパーマンのように盛り上がっているが、目にはそこはかとない空虚が滲んでいる。最強の肉体を手に入れて、俺はどうしたいのだろう。世界を征服するには非力だし、平凡に暮らすには惜しすぎる。目的のわからないまま走るのはつらいが、足を止めた瞬間、更なる空虚に襲われるかと思うと、とびきりきついスクワットなんかしてしまうんだ。きしむ筋肉、死角のない身体、ほいっち、に。ほいっち、に。どうだこの身体。わけもないのに立派だぞ。

一方、何も考えずに太ってしまい、とうとう自宅の浴槽に入れなくなったという人もいる。負荷のかかる足首は、真っ青に染まっている。彼は、這うようにして浴槽に浸かると、ゆっくりと色を変えていくＬＥＤ照明をぼんやりと眺める。俺はなにも考えない、なにも意識しない。風呂があたたかい、ＬＥＤというやつは華麗だ。希望がない、絶望もない。

その中間辺りでストレッチをしていた私は、なにか明確な目標を立てることにした。

引き締まった身体と、か細い腰を手に入れて、どうするか。壁にくくられた花のレリーフを見つめながら思ったのは、私は私に欲情したいということだった。

　欲しい鏡がある。アンティークの金の巨大な姿見。理想の身体を手に入れた暁には、思いきってあれを買い、一晩中、己を映して心酔しよう。

　古いタイルに囲まれた、平日深夜の銭湯。湯船はそれぞれの人生を乗せて、ゆっくりと明日へ向かっていく。

一月九日　木曜日
　空調が、コーコーと音を立てる仮眠室。男たちは子猫のようにくっついて転がり、ペチャペチャと口を鳴らして寝ている。向かいにいた青年は、浴衣の裾からペニスがはみ出していた。淡い暗闇のなか、それは延べ棒のように輝き、次にエクレアになり、最後はただのエンピツになった。
　私はすっかり、男の身体を楽しめなくなってしまった。最初は楽しくても、続かない。遊園地でふと冷静になって、アトラクションの天井を見てしまった時の絶望と似ている。もう二度と夢は見られないのに、それでもレールは続いていく残酷さ。

一月一〇日　金曜日

机に伏して寝たせいか、中学校時代の夢を見た。確か二年生のとき、カビ臭い音楽室で歌った馬のうた。

馬は、衝動のままに嵐を駆けてゆく。稲妻にぶつかるように駆けてゆく。

途中、馬は足を止める。目をつむり、たてがみを硬直させたまま、己になにかを問うている。馬に合わせるように草木は押し黙り、風はひかえめにそよぎ、稲妻だけが遠くに光っていた。

馬はふたたび走り出す。向かう先に、真実があると信じて。

一月一一日　土曜日

街を旋回し、いばらを買い込む。おなじみのいばら、新種のいばら、珍種のいばら。巨大な買い物袋は、ちぎれんばかりに張りつめた。

帰宅すると、部屋じゅうの窓を開け放ち、空気を入れ替え、トレーナーの袖をめくってフローリングの大地を耕す。額に滲む汗は収穫のよろこびであり、サーッと吹いた夜風のつめたさは、至上の褒美となる。やっと空いたスペースに買ったばかりのいばらを植えると、早速いきいきと咲き誇った。

たなびくバニラのお香は、たまにオーロラの形を作る。ふるいコンポからワルツを流すと、私はインチキなバレエを手先だけで踊った。

一月一二日　日曜日

昨日買ったブラウスを着てみたらサイズが合わず、無理矢理ボタンをしめたら首が詰まり、せきこんで酸欠になった。急いで脱ぐと、一面にあしらわれたこまかい花の模様が、冷酷な目でこちらを見ていた。深緑色のツルは、シュルシュルとうなりながら、ふたたび私の首を狙っている。おそろしや、おそろしや可憐ないばら。疑心暗鬼になると、ピンクのクマちゃんですら獰猛(どうもう)な獣に見え、私は逃げるようにいばらを飛び出した。

一月一三日　月曜日

銭湯通いの成果が、いよいよアゴに現れた。ぬめるタイルをレッドカーペットに、まとわりつく塩素の香りをシャンパンシャワーに見立て、剃刀(かみそり)を片手にシャワー台へ向かう。痩せたら髭を剃ろうと、しばらく伸ばしっぱなしにしていたのだ。突如として剃り落とされた髭は、恐慌におののくアリのように群れをなし、排水溝へと向かっていった。

久々に見る素肌は、相変わらずでっぷりしていた。痩せて見えたのは、髭の効果だったらしい。剥き出しの脂肪がはずかしくなり、シャワー台から動けない。足元には、逃げ遅れたアリが数匹漂っている。アリはもう、肌には戻れないし、ここで暮らすこともできない。

アリはしばらく迷ったのち、おそるおそる排水溝に飛び込んだ。

一月一四日　火曜日

東京のデパートでセールが始まった。私はひときわ巨大なマスクを着け、帽子を深くかぶり、重いガラスの戸を開く。

シュコーシュコーと籠もる息の音が、シュノーケリングを連想させた。夏休み、犬を連れていった三浦の海岸。沖の海底には崖があり、怖くなって岸を見ると、木陰のテントで犬が吠えていた。おしゃれな男の子たちは、あの日の珊瑚(さんご)の裏にいた、うろこの綺麗な小魚みたいだった。透明の尾ひれをなびかせ、ウフフと笑いながら、次々に服を試着している。

すると、ひときわ美しい魚が、目の前に現れた。ほんのりと光る白い肌と、仕立てのよいベージュのコート。さりげなく持った、高級ブランドのバッグ。

私はガクッとしゃがみこみ、次の瞬間、魚は遥か後方にいた。どうやら数秒のあいだ気絶していたらしい。そばの珊瑚がヒリヒリざわめいていた。

一月一五日　水曜日

銭湯の鏡台の前に、長髪のおじいさんがいた。おじいさんは、きわめて紳士的な雰囲気だが、髪を払うときだけふと、お姫様の顔をする。骨張った指先にまで、それっぽい気品を漂わせる。ロッカーを出ると、彼の奥さんがいた。奥さんはまさに、お姫様のような人だった。金の縁どりのされた真珠のイヤリングと、ほのかにカールした銀色の髪、襟元にフリルのついたセーター。

おじいさんは、髪をゴムでまとめていた。自分のなかのお姫様を無理矢理隠すような、乱暴な縛り方だった。

お姫様になれなかったおじいさんは、お姫様のような人と結婚した。妻の美貌は、ドレッサーに映る自身の幻影なのだ。毎年贈るアクセサリーも、本当は自分が欲しかったあれやこれ。

おじいさんが、どんな顔で妻と話すのか見たかったが、気づいたときにはもう姿はなかった。

一月一六日　木曜日
さびれた露天風呂から見る夕暮れの邪悪さ。陽がおちてもなお、自分だけは輝いていようとする意地汚い雲と、そんな雲にあこがれる、清掃場の白い煙。
間もなく雲は漆黒に染まり、煙は雲をふぬけだと笑った。この空で、俺だけが真っ白。俺だけが自由だ。雲は悔しそうに押し黙ったまま、遠くの空へと流れていく。
杉の裏から昇った満月は、煙の幼稚さを見つめていた。

一月一七日　金曜日

六歳の頃から八年ほど、ピアノ教室に通っていた。目的は、教室の棚に並んでいた、リップ型のちいさな消しゴム。あれが欲しくて、八年もの間、通い続けた。当然練習には身が入らず、ペダルもろくに踏めないまま教室を去ることになった。優しい先生は、私が消しゴムを欲しがっていたことをなぜか知っていて、最後にくれると言ったけど、受け取ったら先生は傷つくと思った。

浴槽に浸かりながら、水の張ったタイルをポローンとやると、波紋が音のように広がった。子供用に嚙み砕かれたエリーゼのために、祖母の要望で弾いたエーデルワイス。贖罪は音色となって、消しゴムのあった狭い教室に届く。

一月一八日　土曜日

父親の肩に、ぎゅっとしがみつく子供がいた。はじめての温泉、たくさんの人の裸。白濁した、底の見えない湯船はおそろしく、なかなか肩を離れられない。

父親は、しょうがないなあと笑いながら、「パパがいるから大丈夫」と言った。子供はそれを聞いて、おそるおそる肩から離れる。本当だ。パパの言ったとおり、大丈夫だ。調子にのって、広い浴槽を駆けまわる。パパはこっちを見て笑っている。

その後ろでは、英語教室帰りと思しき親子が、向かい合って授業の復習をしていた。日本語もままならぬ細い声が、「ホワッツ、ホワッツ」と繰り返し、湯気と合わさる。

ホワッツ　ホワッツ
　　ホワッツ　ホワッツ

平和な浴槽に、私の居場所はなかった。

一月一九日　日曜日
父親が出かけたあと、こっそり父親の布団にもぐりこんだ。あたたかい。布団の中には犬もいて、見たことないほど安心して寝ている。ホワッツ　ホワッツ　パパがいるから大丈夫。パパがいるから大丈夫。

一月二〇日　月曜日
六角の筒状をした更衣室の、全面に貼られた大きな鏡。
裸のまま足を踏み入れると、合わせ鏡のトンネルに、でっぷりとしたイグアナのような魔物が這っていて、かったるそうに首だけをこちらに向けた。なんて醜い、おぞましいと驚いてから、それが自分の姿だと気がつく。
逢魔が時の合わせ鏡。私の正体は、人間にあこがれる魔物だった。

一月二一日　火曜日

すべてがバカバカしくなり、昼の間中踊っていた。

疲れたら友人と電話し、共に一億年後の未来の予定を立てた。超未来の世界で起きているることといえば、空前の平成ブームと、キチジョージで発掘されたコンクリートを巡る論争。あとは、虫が言語能力を持つまでの苦労話と、いよいよ二ヶ月後に実行される、太陽惑星のデータ化計画について。

私と友人は幽霊になって、生前よりもエネルギッシュに、この世を楽しんでいる。もう二億年くらいは、こっちにいてもいいだろう。

そのためにも、魂というものがあって、幽霊という段階があって、昇天という制度があればいいいね、と言いあった。天国では、天使から羽を借りて、たまに下界に降りよう。目指すは月島、私たちの行き付けのもんじゃ焼き店。

一月二二日　水曜日

朝の六時半ごろ、私より先に目を覚ました夫が、ラジオ体操の時間だよ、と教えてくれた。私はまどろみながらジャージに着替え、縁側でラジカセのスイッチを入れる。もう二十年以上も使っているラジカセは、特別愛着があるというわけでもないのに、なぜか買い替えられないでいる。

古びたラジカセは、今日も元気にピアノの旋律を運ぶ。大きな伸びをすると、手がうっかりアンテナに触れ、なだらかな旋律に一瞬だけノイズが混じった。その時だった。バタン。ノイズよりもやわらかくて、不穏な音が、寝室から聞こえた。

振り返ると、パジャマを着たままの夫が、寝室で倒れていた。急いで駆け寄り、隣に住む息子に電話を入れる。お父さん！　お父さん！

息子が飛んできて、救急車を呼んだ。救急車なんて呼ばないでほしかった。たった二人でなんとか保ってきた日常が、ちいさな菜園が、もうじき咲く裏庭の椿が。

夫は白い担架に乗せられた。私は急いで着替え、夫に付き添った。

救急隊のたくましい脚が、霜をサクサクと踏んでいく。

霜すらも愛おしい、大切な二人の庭。霜の下にも芽吹く、ちいさな花の存在を、この人たちは知っているのだろうか。知っているのだろうか。

夫は目を開けない。夫は死ぬのかもしれない。

けたたましくピーポーと鳴る救急車に揺られながら、縁側に置き忘れたラジオの電源を、切ったかどうか気にしていた。

一月二三日　木曜日

急いで病院に駆けつけると、無数の管を通された祖父が、植物のように横たわっていた。管の先には、鮮やかなカクテル色の点滴がいくつかぶらさがっていて、ひときわ透明度の高いものに見とれていたら、尿だった。

祖父はまだ生きていて、手に触れると握り返すという。しかし私の手だけは、どうしても握り返してもらえなかった。

祖父は教育者で、人脈も幅広く、関わったすべての人に尊敬されていた。曲がったことが大嫌いで、どんな逆境でも正義を信じた。

そんな祖父にとって、私はどんな孫だったろう。はじめてねだったお人形、魔法のステッキ、子供用のおしろい。平然と買い与えるたび、心の中では葛藤していたのではないか。

正しさとは。個性とは。自由とは。

湧き上がる嫌悪。容赦なく心のメッキを剝がす孫の手。受け入れたい、受け入れ難い、受け入れたい、受け入れ難い。

祖父は、最後の最後にやっと葛藤から解放され、孫を愛さないという自由を手に入れたのかもしれない。

私は、祖父を正しいと思う。

一月二四日　金曜日
病院の外には、なにもなかった。歩道には人がおらず、植物は静止し、風すらも大気を動かさない。山に近づくにつれ、景色はますます殺風景になり、田んぼの向こうに暗い地平線が見えた。あれはひょっとして世界の果て、死んだ人間の向かう場所ではないか。

ビュウと風が吹いた。落ち葉やゴミが舞い上がって、一様に世界の果てを目指した。ゴミは器用に電線にからまり、どうにか踏みとどまろうとあがいている。

世界の果てにあるものを想像する。例えば、巨大なミキサー、すべてを無に帰す河、魂やらゴミやらがくっついた、食べかけのガムのようなもの。

そこでは、あらゆるものがひとまとめになり、存在の意味のなさ、価値のなさを共有している。

視界をふっと、白いものが掠(かす)めた。咄嗟に振り返って叫ぶ。

「おじいちゃん」

白いものは、コンビニの袋だった。

一月二五日　土曜日

祖父が目を開けたと連絡が入り、急いで向かうも、私が着いた途端に目を閉じてしまった。枕元の心電図は淡々と生命を刻み、幼い従姉妹たちは、きゃっきゃと宿題に励んでいる。

祖母は、愛おしそうに祖父を眺めていた。

もともと、祖父は中学の教師で、祖母は生徒だった。禁断の恋は、とうとう詳細を明かすことのないまま、パスワードの半分を失おうとしている。

二人は手を繋ぐ。祖父は中学の教師で、出会ったころの流行歌、初めてデートしたデパート、壊れた勝手口を開けるコツ。祖母は、すべて二人だけの秘密にしたまま、一生口をつぐむつもりだと言う。私も賛成している。その方が贅沢でいい。

命は続く。形をなくしても続く。そして愛は、世界の果てにすらめかしこんで行きたくなるような、人の強さの別名だ。

一月二六日　日曜日

子供たちが、病室でケンタッキーのチキンを食べていた。祖父の命の激臭と、とうに死んだ鶏の、魅惑的なスパイスの香りが、激しくぶつかり合っている。

鶏はハイビスカスを胸に差し、ウクレレを奏でて、死ぬのもいいぞと祖父を誘惑する。説得力があった。こんがりと揚げられたキツネ色の皮は、冷めたってうまいんだから。

しかし、祖父は無言だった。呼吸は荒れ、痰は絡み、乾いた唇には血が滲んでいるが、鶏の誘いには乗らない。断りもしない。

鶏は、ウクレレを捨て、皮を剝ぎ、寂しそうに鳴いた。本当は生きていたかったと鳴いた。

一月二七日　月曜日

ふたつ岩にかかった、しめ縄に揺れる紙垂（しで）。てっぺんの真っ赤な鳥居は、夕焼けの色と混ざり、飛び交うカラスの黒を際立たせている。震えながら竹林を越えて、小川を越えて、ようやく辿り着いた病院。祖父のいる病院。

祖父は意識もなく、開けている意味のほとんどない瞳に、生き生きとした血族の愚かさを映している。俺の守ってきた集団、俺の育てた子供たち。どろんどろん。虫が歌う。どろんどろん。

命が燃える。

一月二八日　火曜日

妖怪たちが泣き叫ぶ。おおーん、おおーんと泣き叫ぶ。私は、もう命のことがよくわからなくなって、死ぬことの何がそんなに悲しいのか、誰かに説明してほしいくらいだった。

気分転換に、世界の果てを見に行った。相変わらず殺風景で、まだ日もあるうちから、地平線がうんと暗い。

大きな坂があった。ゆっくりと下っていくと、見覚えのあるホーロー看板があった。忘れもしない、去年もっとも心が弱っていた時、ふらりと訪れた文房具屋だった。私はそこでとても綺麗なオレンジの下敷きを見つけて、この世に絶望するのをやめたのだ。あれから何度か来ようとしたが、どうしても辿り着けなかった。

世界の果ての文房具屋、人に未練を売るお店。今日はピンクのマーカーを買った。

一月二九日　水曜日
祖父は二つの峠を越え、今日もなんとか生きている。狭い個室で、押し寄せる妖怪たちに押しやられ、仕方なくドアの後ろにしゃがんでいると、蝶番（ちょうつがい）の隙間から気配を感じた。振り返ると、見知らぬ男がこちらを睨んでいた。

「おいジジイ、まだ死なねえのか。とっとと個室をよこしやがれ」

屍を狙うハゲワシの品性。うまそうな目玉だ。うまそうな腹だ。

どろんどろん。どろんどろん。

世界の果てに行った。枯れてもまだ、凜と立ち続ける花があった。

一月三〇日　木曜日

東京に行った。銀のビル、すべるメトロ、冷たいジュラルミン。パキッと割っても、血の流れないもの。叩いても、痛みのないもの。

夕方からは、優しい男性編集者といた。彼はびっくりするほど温厚で、私はつい、必要以上に悪態をついたり、卑屈なことを言ってみる。地雷に触れる寸前のところも踏んでみる。なのに笑って許されると、安心して涙が出そうになる。自分を肯定しそうになる。

夜になると、彼はたこ焼きを買いに出かけた。なぜかもう戻ってこない気がして、待っている間じゅう不安だった。開け放たれた窓から、東京の夜風が流れてくる。闇が入り込んでくる。

「お待たせ、アヤくん」

たこ焼きは三〇個入りだった。私はうれしいのに、ゲーまずそうと言った。

一月三一日　金曜日
昨日食べたたこ焼きが、まだ胸にあたたかい。今日は朝から外にいて、たくさん空気を吸ったのに。

永遠ではないぬくもりに、癒されてしまうのが怖い。

目をつぶって想像する、強い自分。

リングに上がる。ゴングが鳴る。無抵抗なたこ焼きに、思いきりかますチョップ、チヨップ、スープレックス。たこ焼きがもげた。裂け目からなにか飛び出した。タコだ。そしてくたばった。

昨晩の思い出。出来たてのたこ焼きに、楊枝で穴を開けたこと。そうして熱を逃したこと。それだけは覚えていよう。それだけは忘れないでおく。

二月

二月一日　土曜日

祖父が、ますます閉塞感の強い部屋に移されてしまった。いっそツルンとしたおでこに、マジックで「ＴＯＫＹＯ」とか書いてやりたくなる。「ＮＹ」でもいい。とにかく広く、開け放たれた世界を感じたい。

窓から畑が見える。東京は遠い。ニューヨークも遠い。

二月二日　日曜日

病院から出ると、辺りは濃い霧に包まれていた。人のいない歩道、鬼火のようなヘッドライト。
私は人に見られないのをいいことに、少しだけ踊った。ゴミをポイと捨てた。少し迷って、花も踏んだ。

二月三日　月曜日
人生の先輩が、たった二回のコールで電話に出ていわく、「忠告しておくわ。人生ろくなことがない」
坂道でずっこけた。自転車の籠がねじれた。膝をやられ、這ったまま進むと、まるで畜生になった気がした。畜生はコートを引きずって喫茶店に入り、お気に入りのカップでコーヒーをすする。
わたくしヘビの亜種ですので、舌の先が裂けてますけど、コツをつかめば飲めますのよ。チロリチロリと上品に。チロリチロリ。

二月四日　火曜日
風に吹かれて吹かれっぱなし、漂いっぱなしのヤワな雪。宙にくだけて広がる様は、すぐにやぶけるレースの重なり。右にそよぎ、左にそよぎ、たゆたいつつ、着地しては積みあがる。

バス停のベンチに座っていると、頭の上に、次々とレースが乗せられていく。いちまい、にまいとやがて一〇〇枚になっても、レースは重みを持たず、暖も取れず、なのに守られているような安心感があった。キッチンパラソルのなかの残飯も、こんな気持ちでいるんだろうか。

二月五日　水曜日
久々のスーパー銭湯は、寒さのせいか異様な湯気が立ち、冥界の雰囲気を醸していた。人々は淡いグレーのシルエットになり、あんぐりと口を開けたまま、天国でも地獄でもない世界を見つめている。
見上げると、天井には水滴が隙間無く並び、静かに湯船への帰還を狙っていた。おれだけは生き返ろう。おれだけはあそこに戻ろう。

二月六日　木曜日
露天の岩風呂で、珍しく老人に話しかけられた。

老人は、関東中の銭湯を巡ることが趣味だそうで、理由は寂しいからだと言った。先立った妻は、楽しい思い出だけ残して骨になった。

若い君に、まだ恋も知らない君に、僕の気持ちがわかるか？

わかりませんと答えると、老人はせつなげな瞳で語りだした。生きているうちは、うんざりすることも、殴ってやりたいと思うこともあった。しかし不思議なもので、いざいなくなってみると、いがみあい、傷つけあった日々すら、美しく上等な思い出になった。それが、残された僕にとって、どんなに絶望をもたらすか。
ひとしきり話すと、老人はグスンと鼻を鳴らし、礼を言って立ち上がった。
老人はギンギンに勃起していた。

二月七日　金曜日
スーパー銭湯に、昨日の老人がまたいて、目が合うなり逃げていった。私が悪いんだろうか。相づちが下手だったんだろうか。
食堂で海鮮丼を食べたらまずかった。揚げ物もまずかった。あんみつは泥の味がした。

二月八日　土曜日
豪雪。雪の流れには秩序がないが、よくできたポリフォニーの旋律と同じく、綿密な設計がなされているようにも見える。
夜になって静まると、私は練乳とスプーンを持って外に出て、町内中の雪を食べてまわった。草の上や、車の上、大きな十字路の真ん中。やがて胃に限界が来て、練乳のチューブも空(から)になったころ、見渡した世界の広さにぞっとした。
人間の非力さを突き付けるように、どこまでも続いて行く白さ。

そのあと布団に入ってから思ったのは、雪が食べたかったのではなく、単に練乳を舐める口実が欲しかったのではないか、ということだった。

二月九日　日曜日

整形したいと言ったら、母親が「許さないから」と言った。

確かに天然の花は美しいが、あつらえもののコサージュだって、私は好きだ。あのしたたかさ、自由さに比べたら、枯れゆく花の刹那なんて、まったく価値がないとすら思える。

今日も祖父は死ななかった。

二月一〇日　月曜日

遠いロシアで、スピードスケートの選手たちが競い合っていた。

ぴたりとしたスーツの中心には、ほうせんかのような膨らみがある。

中継のカメラが、スタートラインに立った選手たちを、ローアングルで映し出した。

フォークで刺したくなるような、ぷりぷりとした尻の隙間には、やはり膨らみがある。

パン、と鳴った。はじけたのはほうせんかではなく、私の欲望だった。

雄叫(おたけ)びはつくしのように、マグマのように、全身を突き抜ける。

なんていやらしい！
熱い血が、身体中を駆け巡り、心臓でハイタッチしてはしゃぐ。
長い、長いヨダレが垂れて、鼻息はリビングで竜巻を起こした。

二月一一日　火曜日
一晩中寝ずに考えた、膨らみにアクセスする方法。鬼になって肉体ごと食らう。透明人間になって、人知れず愛(め)でる。幽霊になって憑依する。わりかし現実的なのは幽霊だが、望ましいのは透明人間である。
オーストラリアの選手が転んだ。腹這いでドテーとすべり、そのまま諦めてしまうかと思いきや、子鹿のように立ち上がり、勇ましく走り出した。決して記録にはならないゴールに。ほとんど価値のないゴールに。
アリーナを歓声が包む。私は、やっぱり幽霊になるしかないのかなあと、ほおづえついてココア飲んでた。

二月一二日　水曜日
混乱したときは、暴食するに限る。ピラフにパスタに上天丼。消化に励む胃と、警報を鳴らす脳。忙しくなった身体から、心の居場所がなくなっていく。
テレビでは、いつの間にかフィギュアスケートがはじまっていた。

レオタードが舞えば舞うほど、刻まれていくリンクの傷が痛ましかった。

二月一三日　木曜日
たこ焼きの彼との仕事が、いよいよ終わろうとしている。

この一年は、彼の優しさとの格闘の日々だった。それは体を拭かれまいと逃げる子供の抵抗と同じで、最初の半年くらいは、タオルを持って追ってくる彼の姿が、悪魔にしか見えなかった。わるい奴がいると言って回ったこともあった。

彼の横顔は、すこし父親と似ている。そう気づいたのは、あのたこやきの夜だった。少し前から、私は彼に甘え始めていた。メールは少しでも長く続くよう努力し、ちょっとしたことでも連絡をとりたがった。父親の面影を見てしまったことで、執着はますます激しくなった。あのね、今こんなことがあった。むかし悲しいことがあった。ねえ聞いて、パパ聞いて。

パパは優しかった。中に羽根でも詰まっているんじゃないかというくらい、私の豪速球をふわりと包む。

わがままを言ってみる。いじわるを言ってみる。無理難題を押し付ける。

パパは表情ひとつ変えず、たいしたことないさ、と言って口笛を吹く。パイプの煙は綿菓子のようで、いつまでも眺めていられそう。

彼といると、人生が再生されていくような気がした。

二月一四日　金曜日
彼の垂らした救いの糸に、私一人だけがぶらさがっていて、見下ろせば父親が、さみしそうに私を見あげている。なぜそんな顔をするの。

お前を愛しているから。

戸惑う私に、彼は好きにしていいよと言う。

ぶらーん　ぶらん　糸が揺れる。どっちに幸せがあるんだろう。どっちに希望があるんだろう。

二月一五日　土曜日
猛烈な吹雪のなか、自宅のテラスで遭難。地図なし、コンパスなし、ライトなし。スプーンあり、あんこあり、みかんあり。ならば食おう。雪をあんみつにしてしまおう。
吹き付ける雪は、髪を前後左右にひっぱる。逆境に耐えてこそ、あんみつは甘美だった。

二月一六日　日曜日
たこ焼きの彼がちょっと気取りながら、恋みたいなもの、はもう恋なんじゃないかと言った。

確かに、私は彼に恋をしているのかもしれない。ということはつまり、父親に恋をしているとも言えないか。

ストーブの前に、薄手のシャツを着た父親が寝転がっていた。今までほとんど目をやったことのない身体を、まじまじと眺めてみる。

悪くないかもしれない。

そう思った。悪くないかもしれない。

愛はねじれ、心はねじれ、憎しみもねじれた。三本のツルはからみあい、ひとつになって、先端に毒の花を咲かせた。


見なかったことにしよう。父親のたくましい肩も、べんがら色の花もすべて。

二月一七日　月曜日
華やかな本線から、逃げるように走る支線。消え入りそうなその末端で、彼は育った。狭い盆地には隙間なく団地が並び、招いた風を閉じ込める。めいっぱい吸った酸素も、すでに誰かの吐いたもの。
閉塞感に耐えかねた子供たちは、学校の裏山へ逃げる。しかし低い山頂には、都市部の喧噪も、隣り合った街の匂いも届かない。
中学生になると、子供たちはそこでタバコを吸うようになる。立ち上る煙に自由を託すも、煙はすぐさま青に溶け、色を失う。

仲間たちは、ずっとここにいようと言った。

町を捨てた彼は、おかしな奴だと指をさされた。

二月一八日　火曜日
彼には宝物があるという。それはよく旅をする友人が、決まってお土産にくれるキーホルダー。各国の旗や名所の刻まれたプレートは、楽しげな友人の記憶とともに、彼の心を弾ませる。

「いつかカフェを開いたら、壁じゅうに飾るのが夢なんだ」

「そうなんだ。いまいくつくらいあるの？」

「たくさんあるよ。二〇個」

世界は広い。壁も広い。

私は、いっそ自分でキーホルダーを集めてみれば？　と提案した。

しかし彼は、出来ないと言った。育った町を、家族を捨てた僕が、旅行なんかには行ってはいけないんだと。

彼の心は、今も狭い団地にいた。夏に蒸し、冬に凍えた団地を、子供の姿で駆けている。タバコの煙を、見つめている。

だったら、私が足になろう。出来る限り旅行へ行き、飾りきれないほどのキーホルダーを、きっとカウンターに叩き付けてやる。
彼はありがとう、お礼にコーヒーをごちそうするよ、と言った。
それはどうも、と私は答える。

夢ができた。夢というのは、人の生きる理由だ。

二月一九日　水曜日
帰る場所がある。意志とは裏腹に、帰らねばならない場所がある。
そこは、支線の末端でも、息の詰まるような団地でもない。
畜生の這う谷だ。血なまぐさい、糞尿にまみれた、秩序のない地獄の谷。

もうすぐお迎えがくる。愛おしい彼に、ひとつのキーホルダーも届けてやれないまま。

二月二〇日　木曜日
立ち寄った画廊に、一枚の写真が飾られていた。

うたた寝をする父親の背中で、安心して眠る赤ん坊。

いつ寝返りを打つかもしれない大地を、疑うことすら知らない寝顔。

転げ落ちた子供は、父親を憎むだろうか。

それとも、びっくりして泣いて、抱き上げられて笑って、また背中で眠るだろうか。

二月二一日　金曜日
バラエティ番組。秘境からやってきた一家が、レトルトのカレーに感激する。触れるだけで光る電球を、神と勘違いして拝む。

おっかなびっくり文明と向き合い、やっと喜びを知ったのに、ほんの一週間足らずで、また元の秘境に戻されてしまう。

真っ暗なジャングルで、モノレールの夢を見るのがどんなに残酷なことか。

彼と彼の彼女に、別れの贈り物をした。えんじ色の封に、少しの怒りを込めた。

二月二二日　土曜日
朝方、とうとうお迎えがきた。リン、リン、リンという音と共に、視界が少しずつ光で満たされ、次の瞬間、激烈な頭痛。

罰だ。畜生の世界から這い出し、追っ手を逃れ、あたたかなカフェのなかで、美しい夢を抱いてしまった私への、当然の報い。

髪は四方を向き、枕は吐瀉物にまみれ、呼吸は荒れた。獣の息はくさい。獣のつばもくさい。まったく救いようがない。

さようなら、可能性に満ちた世界。共に見た追憶。壁をうずめたキーホルダーの群れ。

二月二三日　日曜日

目が覚めると、ベッドのあちこちに酸素ボンベが転がっていた。

鏡に映るのは、まぎれもない獣の姿。掻きむしった頭皮から、どす黒い血が流れている。獣はそれを指ですくって舐める。

開かれたまま積み重なった本が、人という字をつくった股のあたりに、闇があった。

私はその深淵に、ちいさな声でただいま、と言った。

二月二四日　月曜日

畜生は、奈落の底で夜叉となり、牙をかくして人里へ出戻る。

そして彼の首にかぶりつき、くたばるまで生気を貪る。

生け贄になった彼は、細い首筋を血まみれにし、虫の息で夜叉を見つめる。

その日に浮かぶのは、深い憐れみだ。

やがて、彼の魂は天に昇り、骨だけが夜叉の元に残される。抱いてもやわらかくない、握ってもあたたかくない、プラスチックみたいな白い骨。

こんなものが欲しかったわけじゃないのに。

夜叉は月に吠える。いつもそうだ。いつもいつも、いつも。

髪が夜風に揺れた。骨がカランと鳴った。

二月二五日　火曜日
初めて父親に似た男に出会ったのは、一六の春だった。八方美人で、生きづらそうで、いつもなにかに脅えている男。
彼は意味もなく私を殴った。トイレの個室で、誰もいない廊下で、あるいは華やぐ駅前のベンチで。私はもっと殴ってくれと願った。ボロボロに破滅した先に、人としての再生があると信じていた。
次に恋した男も、その次も、たこやきの彼も、みんな父親に似ていた。しかし、どんなに父性を乞うても、人間になれることはなかった。それどころか、ますますおぞましい化け物になるばかり。

若返りのために、村中の少女の血を浴びたというエリザベート夫人。

彼女はどうだったのだろう。拷問具のなかの絶叫、したたる乙女の鮮血を、どんな顔して浴びたのだろう。

二月二六日　水曜日
猛る夜叉に近づき、お面を外すと、そこには私とそっくりな男の子がいて、泣きそうな顔でこう言った。

「男の子になりたい」

彼は、男の子のくせに男の子としての自信がなく、世の中すべてにうしろめたさを感じている。

そんな彼をかばうようにして立っているのは、女の子だ。めそめそといじける彼を叱りながら、必死に強く生きている。「おかま」という状態は、この二人が作っていたらしい。

私は、自分のなかに男の子がいたことすら知らなかった。それも悲しみのひとつなんだと、男の子が泣き出した。

どうしよう、と迷って、抱きしめてやることにした。男の子は私にすがりつき、おろしたてのシャツをしわくちゃにする。
よしよし、ごめんね。私が悪かった。
背中をさする。頭をなでる。鼻で子守唄を歌う。

しなきゃいけないことは、これだったのだ。
夜叉の面が砕けた。そのうち牙も抜けて、私はただの私に近づいた。

二月二七日　木曜日
私は、自分のなかでは自分を「僕」と呼んでいるのに、人前では「私」と言う。男らしくあることに、罪悪感があるせいだ。しかし、これからは少しずつ、僕と言っていこうと思う。とても勇気のいることだが、進んでいきたい。
おとこのこの解放。これが私の闘争の、真のテーマだ。

二月二八日　金曜日
私が星なら、核の部分には例の男の子がいて、厚い地表にこもって泣いている。荒れ狂って地割れを起こし、マグマを噴き出し、そんな自分を断罪するように冷たい雨を降らせる。彼の劣等感、あこがれは、やがて重力となり、強く銀河に放たれる。小惑星、彗星、当たってくだけるクズの星。衝突のたびに、星は少しずつ傷ついていく。それが私の恋。

本当に欲しいのは、白く輝くあの月。

しかし月は、負の重力には決してなびかない。

星は途方に暮れる。果てしない宇宙の漆黒に、溶けてしまいたくなる。

三月

三月一日　土曜日
たこやきの彼が、喫茶店でサンドイッチを食べていた。

バラつくパンと、はみだしそうなレタスを、細い指で必死に押さえている。

顔は、申し訳なさそうにしぼみ、もぐもぐと咀嚼するたびに、なにかに謝っているように見えた。

むかし母方の親戚の集まりで、父親が同じ顔でお寿司を食べていたことを思い出す。目立たないすみっこの席で、好物のマグロを、それはそれは申し訳なさそうに。

サンドイッチを食べ終えた彼に、不器用な食べ方だね、と言うと、そうかな？　とはにかんだ。私はこの笑顔を愛おしいと思うことで、あの時父親に声をかけてやれなかった自分を赦そうとしているのかもしれない。

三月二日　日曜日

服を買いに出かけた。夏の街角で、男の子たちが集団で着ていてうらやましかった、裾の広いショートパンツ。あたたかくなったらこれをはいて、筋肉や体毛をなびかせながら、いたって普通の顔で街を歩こう。すこしのうしろめたさもない、ただの男の子として。

三月三日　月曜日

自分のなかの男の子に、甘くしたホットミルクを差し出す。

カップを握る手には、ちいさな傷がたくさんあった。私がつけた傷だ。

ごめんね、と謝っても、目を合わせてはくれない。しかしミルクは口に合ったようで、一丁前におかわりを要求してきた。少しホッとする。

そういえば、女の子はどこへ行ったのだろう。

男の子の頬がこわばった。そしておそるおそる、窓の外を指差す。

女の子が風に吹かれていた。髪で顔は隠れているが、なぜか猛烈に、こちらを睨みつけている気がした。木の葉が窓を叩く。かざみどりがはげしく回る。

三月四日　火曜日
うるしの光る喫茶店で、美しい男の人に会った。
彼は上品な黒のジャケットから、こぼれそうなほどのフリルを覗かせ、首元にはパールのついたリボンが広がっている。
スーツなんて着るもんか。ダンゴムシみたいなグレーに、首輪のようなネクタイ。想像しただけで身の毛がよだつ。たとえ地獄に堕ちたって、僕はフリルをなびかせてみせますよ。

オルレアンの少女が、理不尽な大地を駆けていく。勝てっこないさと笑うのは、ついこないだまでの私だ。

三月五日　水曜日
今日会った男の人は、胸に女の子を秘めていた。
内なる女の子は、きれいなドレスが着たいわ、と言っている。ただそれだけの願いが叶わなくて、彼は女の子たちを消費し、満たされない思いを怒りに変え、たまに女の子を殴る。

内なる女の子の願いは、いつか届くだろうか。

これから風俗へ行くんです、と笑う彼の目に、奇跡を見いだすことはむずかしかった。

三月六日　木曜日
たこやきの彼と、日の暮れるまで語り合う。

話題が積み上がるごとに心は温度をあげ、やがて一〇〇度になったとき、お湯の涙が出た。

私はずっと、こうして語り合える男友達がほしかったのかもしれない。

ホームにやってきた列車が突風を起こし、前髪をめくっておでこを叩いた。まるで太鼓判を押されたみたいだった。

三月七日　金曜日
ホットミルクの談合に、バタークッキーを上乗せすると、黙りこくっていた男の子がしぶしぶ口を開いた。
ぼく、おとなになりたくない。

そうだ、父親とキャッチボールをし、父親の選んだプラモデルで遊ぶまでは、おとなになんてなりたくない。いや、なってはいけないんだ。

痴漢のペニスに触れたとき、あんなに傷ついたのは、おとなになってしまったからだったのだろうか。

三月八日　土曜日

夜の銀座を歩いていると、みるみる薄暗い路地へ引き込まれ、歪んだ換気扇のぐわんぐわんという音、岩石のような黒い油の塊に、心を乗っ取られそうになる。

ビルの隙間から声がする。見ると、女の子が立っていた。今までどこにいたの？　と聞くと、ずっとあんたを見ていたよ、と笑う。女の子は、相変わらず顔を見せてくれない。

ねえ、本当に幸せになれるなんて思ってるの？　おとこのこの解放ってなに？　そんなこと言って、虚しくない？

こっちへ来て。あんたは私なしでは生きられないよ。

灯りの無いビルの隙間。男の子はなすがまま、彼女に付いていく。私はただ、行く末を見守る。

錆び付いた螺旋階段の下に、ちいさなランプが灯っていた。女の子はそこで立ち止まると、振り返って言う。

思い出してごらん。これが私の顔だよ。

人間の顔ではなかった。

男の子は泣き出す。私はこのままではあぶないと、彼を抱えて表通りに出る。

華やかな赤提灯の奥で、カンカン娘が流れていた。世にも平和な、週末の銀座だった。

あの女の子は、いったい誰だろう。

三月九日　日曜日

ななめうしろのあたりに、女の子の視線を感じ続けている。たまに振り返ると、彼女はすっと雑踏に溶け、意地悪な笑い声だけを響かせる。男の子はふさぎ込み、ホットミルクの誘惑にも乗らない。さて、どうしたものか。

曲がり角でだまし討ち。それしかないと身を潜めるも、彼女はすべてお見通しで、細い手首を、ばぁかばぁかとヒラヒラさせる。

結局女の子は捕まえられず、がっくりうなだれて歩いた川沿いに、梅の花が咲いているのを見つけた。季節は春に向かっている。

私はなんとなく、これからクリスマスが来るのだと思っていた。

三月一〇日　月曜日
女の子を追ううち、心は亜熱帯のジャングルへ飛び、七色のインコや、お化けみたいなラフレシア、延々と垂れ下がるツルをいくつも越えていった。突然景色が開けたかと思うと、広大な砂漠が現れ、その遥か向こうには、銀色の都市が見えた。陽に当てられ、メラメラと熱される流線型の都市。車は空を飛び、月は驚くほど大きい。
女の子はどこにいるのだろう。
さらさらした砂の上を、一心不乱に駆けていく。足の裏を火傷し、倒れ込み、全身が砂に焼かれる。ジュ。あつ。

三月一一日　火曜日
さびれた遊園地。男の子が選んだのは、海賊船を模した乗り物だった。乗り込む寸前までうしろめたそうにしていたが、動き出してからは、楽しげに揺られていた。ちいさな背中が浮かれているのを見て、泣きそうになる。
お土産には、ちいさなロボットを買ってやった。あと、パンダのぬいぐるみも。相変わらず、ままごとセットにも惹かれてしまうらしいが、それでもいいんだ、と言ってやった。
にぎわう商店街。焼きたての煎餅を、二人で割って食べる。ここはしょっぱい、ここは味がしない。

　暮れていく空に、ゆっくりと星が滲みだす。次は、ざらめをまぶしたのを食べようか。

三月一二日　水曜日
　朝方の神社。雨に濡れた鳥居は、鬼に舐められたみたいに光っていた。

　石畳には、おおきなデンデン虫が這っていた。赤い灯籠に照らされて、のっそりとうしろを振り返る様が、女形のようになまめかしい。

　数歩先では、同じくらいのデンデン虫が、殻ごと潰れて死んでいた。白い肌がグラタンみたいにくたばって、垂れた目は未練を謳っている。

　せめてあそこまで這いたかった。もう一晩でも生きていたかった。

　ちりぢりになったうずまきが、ぐるぐると世界を呪い始める。

　デンデン虫の呪いは弱い。いくらやっても花すら枯れない。

三月一三日　木曜日
　コリアンタウンの片隅で、かつて神様だったアイドルが、特売ラックに追いやられていた。店の目立つところには、すでに新しい神様が立っていて、群がる人のだれも、古びたラックに目をやらない。
　ほとんど錯乱しながら、特売ラックの中身を買い占めた。美しい神を、神輿から引きずり降ろし、ただの人にしたのは私だ。

すれ違った少女が言う。

「わあ、このグループなつかしい」

残酷な奇祭は、それでも続いていく。少年たちも、命懸けで神輿を目指す。

三月一四日　金曜日
男友達という存在がうれしくて、毎晩明日はなにを話そうか、と考えながら眠りにつく。

耳に飛び込む音楽は、すべて彼のイメージがさらっていく。美しい風景にも、思わず彼を浮かべてしまう。

おとなになりたくない私は、この友情を至上の恋としたい。破滅も快感もなく、やわらかなパン生地がただ広がっていくだけの、退屈な恋。

両手で大事にこねながら、そっとハートを練り込もう。真っ赤なハートは薄まりながら、やがて生地に溶けていく。

彼はなんにも気づかない。焼き上がったそれを見て、呑気においしそうだね、なんて言うのだ。

三月一五日　土曜日
風が春を招き、電車もそれに乗って走る。

卒園式帰りの親子が、慣れない晴れ着をブカブカさせて、先頭車両に乗り込んだ。

父親は、一張羅にボロボロのリュックを抱え、母親は、うすいレースのハンカチで、おでこの汗を押さえている。息子は、真っ白なタイツで背伸びして、運転席を覗きこんだ。

　運転席には、新人の運転手に、先輩が二人ついていた。

雛鳥のようにこわばった横顔。

春のにおいがする。

深い緑の神田川。チリが花びらのように浮かんで回る。

三月一六日　日曜日
まどろみながら、父親が私を呪うのを聞いた。

男の子は、強い呪詛(じゅそ)をさらさらと胸に取り込む。慌てて耳を塞ごうとするも、さっと手を払いのけられてしまう。彼は、決して父親に逆らえない。

　女の子が現れた。血相を変えて、男の子をくるりと包みこむと、キッと父親を睨みつけ、飛んできた呪詛を、倍の強さで跳ね返す。

スパーン・パコーン、テニスみたいに。バカヤロー、バカヤローと叫びながら。

もしかして、彼女は。

女の子がにっと笑う。それはまぎれもない、闘う私の姿だった。

三月一七日　月曜日
私という楽園に、まず男の子が生まれた。彼は咲き乱れる花や宝石を、手作りの箱にしまっては、たまに取りだして眺めるのが好きだった。楽園はそんな彼をあたりまえに育み、雨が降れば、ハスの葉がこぞって彼を守った。

あるハレの日、彼は父親のおさがりの真っ黒な袴をいやがった。大人たちの困惑。カメラを構えた父親は、哀しそうな瞳を、レンズの向こうに隠している。

以来、彼はすべてに絶望し、楽園もそれに共鳴した。

嵐が吹き荒れ、雷鳴が轟き、つめたいヒョウは草木を枯らす。

それでも世界は終わらず、命も続いていくことを悟った彼は、みずからの身体をもぎ、血の滴る肉片に祈った。

神でも悪魔でもいい、どうか僕のために、味方をつくってくれ。僕を支え、守ってくれる、強い味方を。

私のなかの女の子は、そうして生まれた。

彼女は、はなから世界を愛さず、信用もせず、すれちがう子猫にすら嫌味を言った。
男の子は、そんな彼女の影となり、いっさいの沈黙を守ることに決めた。

夜になると、影は決まってすすり泣き、平和だった頃の楽園を思った。

三月一八日　火曜日
道を歩いていると、男の子が「申し訳ないから端を歩こう」と言う。
女の子は、「端から世間を呪ってやれ」と言う。二人の意見が重なり、私は思いきり惨めな顔をしながら、楽しげに中央を闊歩する人々の真っ当さを恨むのが常だった。
思いきって真ん中を歩いてみる。清々しかった。道の真ん中と端とでは、景色も、風の感触もまるでちがった。

三月一九日　水曜日
アクセサリーショップに、リボンの指輪があった。
決してほどけず、風にもなびかない、たくましい金属製のリボン。
気づいたときには三つほど購入していた。女の子と、男の子と、そして私に贈る勲章のつもり。

三月二〇日　木曜日
どこまでも続く真っ白な壁が、ぽかぽかと照る太陽の熱をじっと吸っている。またうんと寒い日が来たら、少しずつそれを放出して、街角をあたためるんだろう。冷めたおでんのコンニャクが、中にそっと熱を隠していたとき、私はいつもうれしい。女の子はおでんが好きではないと言った。男の子は、たまごなら食べると言った。これから咲こうとする桜の枝が、白い壁にシルエットを落としている。世界は、私が思っていたよりずっとやさしいのかもしれない。

三月二一日　金曜日
高校時代、唐突にクラスメイトから「アヤちゃん」と呼ばれた帰り道、校舎裏でどくだみのつるを何本も引きちぎった。
次の日教室に入ると、ネームプレートは塗り潰され、上から汚い字で「アヤ」と書かれていた。ペンネームをつくるとき、そこに無理矢理「少年」と書き加えたのは、男の子の願いだったのか。または女の子なりの反逆か。
ボロボロのネームプレートは、ほとんど亡霊と化し、今も私を見つめている。なにをするでもなく、ただじっと見つめているのだ。

三月二二日　土曜日

春を集めに街へ出ると、あっというまに日が落ちた。

街灯のない路地を進み、巨大な駐輪場を越えていくと、行き止まりに階段があった。コケの生えた急勾配を、一段一段登っていく。

巨大な墓地が広がっていた。冷たい風が、ほんの少しぬくもりを持って流れ、枯れ葉はヒソヒソと音を立てる。怖がってはいけない。脅えを見せた途端、なにかおおきくて邪悪なものに、飲みこまれてしまう。

ヒソヒソはどんどん大きくなっていく。その音から、もう少しで意味を汲み取ってしまいそうになる寸前で、ようやく敷地から出た。

高級住宅地にぶつかった。開け放たれたテラスを見上げるとホームパーティーが開かれていた。わかりやすい団らんの図。楽しそうな子供たちの笑い声。

気がつくと、私はまた道の端っこを這っていた。

三月二三日　日曜日

端っこから見る世界は、ひたすら華やかで、希望に満ち満ちている。

私の望むことは、あの世界を歩くことではなく、あの世界の方が、私のところまで落ちてくることだ。ドブの匂いを嗅いでほしい。うねる排気に煽られてほしい。

みんな不幸になればいい。淡い不幸を生きればいい。

三月二四日　月曜日

ほの暗い道の端っこで、私たちはもつれあい、乱闘を起こし、散り散りになった。女の子の言うには、矢を射って太陽を砕き、まんなかも端っこも無くしてしまえ。男の子の言うには、ただ野草のごとく、そっとここに咲いていよう。

私は、どっちの言うことも馬鹿みたいだと思った。ただただ能天気にまんなかを歩くことの、なにをそんなに躊躇するのか。

ひっぱたいて、ひっぱたかれて、つねったら、蹴っ飛ばされた。

湿った路地裏から見た、ガラス張りのフレンチレストラン。触れただけで割れそうなグラスにそそがれた、うすいピンク色のシャンパンの、なんと美しいこと。恋人同士でカチンと鳴らしあう目には、希望が満ちている。それはどんな道を彷徨い、闇に浸ることになっても、きっとまたここへ帰ってくるだろうという、確信のようなもの。

道はどんどん深くなり、鬱蒼(うっそう)とした西新宿の森へと続いていく。闇の出口を知っているのは、光だけ。光とは、懐中電灯でも、電話の液晶の光でもなく、身体の内側から放たれる、やはり確信のようなもの。

三月二五日　火曜日

女の子とやりあっていると、いつか人間でないと感じた彼女の顔が、母親とそっくりなことに気がついた。メリケンサックと化したリボンの指輪をかわしつつ、女の子の生まれた日を回想する。

そうか。私はあの日、母親を産んだんだ。

あなたの話し方はお母さまにそっくりね、と言われることがたまにあった。

そういう時、私はきまって、父親の顔を見た。思いきり期待しながら。しかし、父親と目が合うことはなかった。そのたびに、悔しかった。母親だけが、父親に愛されている。母親だけが、父親にキスをされている。私の求愛は、全力の媚態は、母親の存在する限り、決して成就することはない。

私は、たった一人で、この化け物をいさめる自信をなくした。

三月二六日　水曜日
戦地に佇む私に、そっと手を差し伸べる、白馬の王子様。
真っ白な燕尾（えんび）服を這う、金のビーズの唐草模様。広い肩には真っ赤なマントをとめて、サイドに刺繍のあしらわれたシルクのグローブで、私を舞踏会に誘う。おっきなバラ、あっちにもバラ、向こうでは大勢の人が、私に向かって敬礼している。
絢爛（けんらん）豪華な夢から覚めると、私は私に命を狙われていて、あたりには、凍えるような闇が広がっていた。耳をすましても、ヒヅメの音は聞こえない。

三月二七日　木曜日

混み合う電車で、周りの人たちとくっついて、大きな揺れや、カーブの遠心力を分かち合う。布ごしに伝わる体温が心地よく、ずっとここにいてもいいと思った。しかし、東京駅で押し出されるように外へ出ると、熱は徐々に冷めてゆき、最後にうんとさみしくなった。そして、愛されたいなんて思った。

うごめく人々の誰も、私を見ていない。張り巡らされた赤い糸は、ひとつも私にひっかからない。

愛されたい。さみしいから、愛されてみたい。

三月二八日　金曜日

救いをもとめて恋愛をし、ボロボロになってもまだ、愛を求めずにはいられない、という知人がいる。それはなぜかと問うと、僕は、女の子を崇拝してるんだと言った。私は、じゃあ女の子は、君にとってヒトではないんだねと答えた。そうかもしれない、と力なく認めた彼の目は、哀しいこどもの目をしていた。

三月二九日　土曜日

夕時に、桜並木を見に行った。

通りは人で溢れ、端っこにすら、ブルーシートが敷かれている。やむを得ず、道なき雑木林を進んでいった。

闇のなか、おーいと声をかけると、たちまち強い風が吹いて、木々がなにかを答えた。しばらく待って、本当に返事だったのか問うと、またしても風が吹き、今度は林のなかのすべてが返事をした。喝采を叫ぶ木々、はしゃぐ犬のようにまとわりつく落ち葉、流星のように舞うビニールごみ。

こっちこっち、と手招きされながら進んでいくと、急に風の向きが変わった。見上げると、しんとした林の真ん中に、一本だけ、大きなしだれ桜が立っている。ほかの桜とは違った威厳、護衛のように周りを囲う、若い木々。その下で、恋人たちがまぐわっていた。

木々が笑った。落ち葉もひっくりかえって笑った。ゴミは高く高く飛んで、枝にひっかかってもまだ笑っていた。

三月三〇日　日曜日
初めて見た宝塚。重たげな緞帳（どんちょう）が開くと、巨大な階段には、フラミンゴ色のドレスをまとった女たちが、バランスよく配置されていた。ひときわ強い光が射し、音楽がいっそう華やかさを増すと、中央から、夢に見たような王子様が現れた。女たちは、ドレスの中に埋もれるように、深くしゃがんでおじぎをする。

私は、ドレスに縫い付けられたリボンのひとつひとつを、食い入るように眺める。王子様の腰にささったサーベルを、あ、欲しいと思う。

絶えることのない華やかさをまとい、花火のように展開されていく愛の歌劇。

愛されたいと叫び出したい気持ちが、まわるスカートの裾に吸い込まれ、すっと劇場に溶けていく。

幕が下りると、私の心はいつになく晴れ晴れとしていた。

こんな感覚ははじめてだった。もっと、もっとこの世界に溺れてみたい。

久々に、信仰のゴングが鳴るのを聴いた。

三月三一日　月曜日

激動の時代に咲いたふたつのばらは、飛び交う銃弾を逃れ、降り注ぐ火の粉と戦い、最期にやっと結ばれる。私は舞い降りた天馬が、こと切れたばらをさらっていくのを、こそこそと仰ぎ見る。

馬車の上で、二人は寄り添い、しずかな微笑みをたたえている。やわらかな金の縦ロールが、穏やかになびいて香っている。天馬の目指すのは、死の国。

たとえ業火に焼かれようと、ひるむことなく、ばらはそこに咲くんだろう。

四月

四月一日　火曜日

過剰な舞台に、過剰な欲望を投げつける。しかし満身の力で投げたはずのそれは、いとも簡単に飲み込まれ、その瞬間、私はヨシヨシと赦されたような気持ちになる。

背後に広がる現実はつめたい。振り向くもんかと、ますます舞台にのめり込む。

四月二日　水曜日

だんだん舞台と自分との境目が無くなり、あの照明が輝くのは、私が見やったせいだ、なんて思えてくる。照明だけではない。ドレスのリボンひとつ、軍服のフリンジひとつ、結われた髪のいっぽんいっぽんと、私はひとつになっている。

溜め息ついたらばらが咲いた。

まばたきしたら星が光った。

声をあげたら天馬が走った。

本当にほしいのは、ばらの持つ愛の物語。しかしばらは、頑なにそれを拒む。

四月三日　木曜日

恋に悩んだ男友達が、遠慮がちに手を挙げて、ホットケーキを注文する。ホットケーキにはバニラの半球が乗っていて、じわじわと熱にやられている。彼はフォークでその頭を押さえると、スーッと一面をすべらせた。目は真剣そのもので、それが頼もしくも、危なっかしくもある。

器用にナイフで六等分すると、彼は大きな口をあけて、ひとつを頬張った。そしてクールに気取ったまま、「うまい、うまい」と二回言う。

私は、彼の肩に金糸のフリンジがそよぐところを思い浮かべていた。そして私の肩にも、それがあればいいな、と思った。

四月四日　金曜日

懐の広い世界が、とうとう私を赦してはくれなくなった。思いきり投げた欲望が、すかさず跳ね返り、はげしくこの身に衝突する。

見ると劇場は、昨日までに投げた欲望の球でいっぱいになり、舞台の枠からひたひたと漏れ出て、私の胸に還ろうとしていた。

愛されたい、愛されない、かなしい、悔しい。

あれがすべて戻ってきたら、ひとたまりもない。
私は逃げた。劇場を背にして、つめたい現実に逃げた。

四月五日　土曜日
花やフリルじゃない。絢爛豪華なドレスもいらない。
私は王子様になりたい。そしてお姫様と、そっと寄り添って歩きたい。
どうして私は、王子様になれないのだろう。

四月六日　日曜日
雨が降り、ヒョウに打たれ、瀕死になったお寺の桜を、一輪もいで食べた。
誂(あつら)えたみたいな香りがする。
濡れた墓石には、無数の花びらが張り付いていた。散って価値をなくして、それでも生きようとする姿勢を、私はみっともないと思った。

四月七日　月曜日
　高校二年の春。
ひとつ年下の彼女は、入学してくるなり、私の心を奪った。ふわふわのウェイビーへアーやパッチワークのワンピースの中に隠した、妙に醒めた視線に共感していた。彼女は、世界に興味がなかった。人と馴れ合うときなどは、マリオネット化した鎧だけを適当に遊ばせ、彼女自身は、すこし離れたところから退屈そうにその糸を操るのだった。

付き合いはじめたのは、出会ってから二ヶ月ほどたった頃。私たちは、趣味も歩調も、生き方もそっくりだった。デートを重ねるごとに愛は増し、距離も近づいたころ、ふいに怖くなった。彼女の手をにぎること。顔を近づけて、キスをして、その先にあるもの。欲望はあった。しかし、怖くて仕方がなかった。気がつくと、私は王子様ではなくなっていて、彼女は固い鎧のなかに戻ってしまった。おはようと声をかけても、錆びた鎧がきしむだけ。

新築の校舎に立ちのぼる、強烈なインクの匂い。なかなか整備の終わらない校庭は、あたり一面掘り返されて、世界が終わってしまったような空虚さを漂わせていた。その向こうで、真っ赤な夕日が燃えている。それは美しいのに、とても悲しかった。

四月八日　火曜日

母親は、二世帯暮らしの狭い家で、共に戦う同志だった。結婚当初、「頼むからおれの親と同居してくれ」と泣いてすがったという父親は、女の前で泣く度胸はあっても、女を守る度胸はなかった。

そんな父親にかわり、私は必死で母親を守った。どんなにいやな思いをしても、母親との絆があれば平気だった。

一四歳のある日、一人で風呂に入っていると、当然のように母親が入ってきた。翌日、鍵を閉めると、怒号とともに母親が激しく戸を叩いた。

この寒い日に、裸の母親を締め出すなんて、あんたはなんて冷たいの。

戸に開いた換気用の穴から、真っ赤な目が覗いている。

聞こえないふりをして、死角に身を丸めた。しばらく待って、おそるおそる穴を見ると、母親はまだそこにいて、じいっと私を睨んでいた。

四月九日　水曜日

学校帰り、友人たちと公園に寄ると、茂みのなかに、開封済みのコンドームがいくつか転がっていた。破裂した風船のようにまぬけな姿を、私たちは笑い、指でつまんで投げあって、笑い転げて泥にまみれた。

帰宅すると、いつの間にかポケットにコンドームが入れられていた。友人のいたずらだろう。怒りよりも、これを肴に、明日どんな会話をしようかと想像して、笑いが込み上げた。どこに捨てればいいかわからなかったので、ひとまず引き出しの一番奥に隠した。

母親は、いとも簡単にそれを見つけ出し、どの女とセックスをしたの、と言った。弁解は、聞き入れてはもらえなかった。

その夜も、母親は風呂場に入ってこようとした。私は抵抗を諦め、しぶしぶ鍵を開ける。そして成長しかけた身体をなるべく隠しながら、いたって普通の会話をするよう努めた。

四月一〇日　木曜日

付き合いはじめてすぐ、彼女が家に遊びにきた。狭い部屋で、私と彼女はお気に入りのカップケーキを持ち寄り、背伸びした紅茶を入れて、雑誌にならぶアンティークのアクセサリーにうっとりした。準備していたクマのぬいぐるみをお土産に、彼女が帰っていくと、母親が得意気に言った。

きっとすぐに別れるわ。だってあの子、ちっとも私に似ていないもの。

どういう意味だろう。

その晩、母親はひどく不機嫌だった。

しばらくして本当に、彼女とは別れてしまった。

四月一一日　金曜日

濡れた母親の背中を眺めながら、なるべく母親とおなじ生き物になろうと思った。そうすれば、母親から男の子を隠せるし、ふがいない自分にふさわしい罰だとも思った。

それから、なんの屈託もなく生きる普通の男の子たちが、憎くてたまらなくなった。

腕をまくって、筋肉を剝き出しにして、大股を開いて、股間を浮き立たせて。

あの自由が、欲しくて欲しくてたまらなかった。

四月一二日　土曜日

記憶が、次々と吐き出されていく。

あんなこともあったでしょう。それから、あんなことも。

しつこく喋り続ける一四歳の自分に、私は背を向けた。もう、充分だった。

そしてお姫様を、迎えにいくことにした。

四月一三日　日曜日

八年ぶりに再会した彼女は、すこし雰囲気が落ち着いていた。うしろから肩を叩くと、びっくりして、目が合うとケタケタ笑った。ゆっくり話をしながら、街を抜けて、坂を登って、桜並木を歩く。

当時あこがれて、行こうと約束したきり行けなかったアクセサリーショップや、ファンシーショップにも寄った。あれもこれもかわいいと言いあって、お揃いのリボンを買った。

しんとした路地裏のカフェで、向かい合ってカレーを食べた。大きな窓ガラスに、無数のランプが星のようにまたたいている。

彼女と別れてから、おかまとして冒険した日々のことを話す。雨に打たれ、荒波を越え、そして最近になってやっと、自分のなかに男の子を発見したこと。まるで世紀の大発見のような口ぶりで。

すると彼女はしれっと言った。

「私は知っていたよ。八年前からずっと、ゆうちゃんが男の子だってこと」

風がふいた。

そっと手に触れてみた。あたたかかった。

電車の窓に映るシルエットは、私のほうがずっと肩幅が広かった。

四月一四日　月曜日

彼女と駅で待ち合わせ。焦らすような各駅停車に乗って、ひと駅ひと駅を噛み締めるように進んでいく。公園の桜は、もうほとんど散っていた。歩道をうずめる花びらを、両手ですくって嗅ぐと、体中に春が染み渡っていった。

広場の真ん中で、おそるおそる一人称を変えてみた。その瞬間、木々は槍になり、花はピストルになり、次々と私に向かってくるかと思われたが、公園は変わらずのどかなまま。彼女は気に入った洋服の話をしている。

天国に来てしまった。

涙が出るほど幸せなのに、妙な寂しさも感じていた。

四月一五日　火曜日

彼女とひとつになることにした。

あらゆる想定を前に、つい頭でっかちになってしまう私を、彼女は優しく諭してくれる。

ふわふわの肩にもたれると、不安は失せて、いつのまにか呑気なことを考えていた。

街に出ると、綺麗な男の子がたくさんいた。

気絶するほど崇めていた彼らの細い脚や、つるつるの肌を見ても、なにも感じられない。
　私は死んでしまったのだろうか。
　心がさっぱりしている。身もやけに軽い。

四月一六日　水曜日
　幸せな日々に、粗(あら)を探しはじめた。
　私は、楽園の平和に倦(う)んでしまったのだ。

　いつも足掻いて、苦しんで、悔しかった日々には、思いきりセンチメンタルな縁どりがされている。たとえ彼女ひとりをここに残しても、あの地獄に戻りたい。血を流し、よだれを垂らしながら、生きているって叫びたい。

　そもそも、彼女のことを愛しているなんて、うそじゃないのか。ひとつになる時、お前がどこを見るかって、彼女の瞳に映る自分自身だろう。お前は自己確認のために、人の身体を使うのか。男として女に欲情されることが、そんなにうれしいか。

　耳元で捲(まく)し立てるのは、母という神に仕えている私。

四月一七日　木曜日
彼女は、だめな私を全力で赦す。何気ないしぐさで、愛のある視線で、ふわりとした微笑みで。
その赦しが、つらかった。今日は会うのをやめた。彼女はさみしいと言ってくれた。

四月一八日　金曜日
結局私は、幸せが怖い。

幸せになればなるほど、心はいつも惨めだった、はじまりの地点に還りたがる。すさまじい磁力のなか、彼女は必死に、私の腕を摑んでいる。

この愛に対し、私が返してあげられるものって、あるんだろうか。

真っ白な彼女の腕が、鬱血して葡萄の色になっている。しかしこの王子は、彼女の心配をするよりも先に、ふがいない自分を、どう罰するかで悩んでいた。

四月一九日　土曜日
彼女と東京に行った。電車に乗り、たくさん歩いて、おいしいものを食べる。しかし、視線を感じても、無視をした。ささやくべき言葉を知っていても、黙り込んだ。
それが乙女心にどんな悲しみをもたらすかは、痛いほどわかっていた。
上の空だね、と言われた。しかし、それでも愛おしいと、彼女の目は言っていた。

鬱陶しかった。どうして怒ってくれないんだろう。夜が深まる前に別れたのは、愛を拒む手段として、彼女を殴る自分が脳裏をかすめたから。
禁断のレール。車輪は今にも回り出そうとしている。

私は、彼女と関係を絶つことにした。

四月二〇日　日曜日
彼女が泣きながら電話をかけてきて、それを拒否した。
悪いけど、メールにしてくれる？　と冷たく答えながら、きたる文面に、どうか怒りが溢れていますようにと祈った。
届いたメールには、ただ幸せになってほしい、とだけ書かれていた。

小雨の降る街に出ると、ショウウィンドウの向こうで、男の子たちが買い物をしていた。春のコートに、薄手のニット、トートバッグ。
みんな美しかった。本当に美しかった。

四月二一日　月曜日

突然、携帯が鳴る。

彼は高校時代、はじめて出来た男友達だった。身をこわばらせ、目眩を起こしながら肩を組んだ川沿いの道、派手であればあるほど欲しがった古着のTシャツ。

それを纏ってやっと、私たちは校舎のなかに立っていることができた。

キャンプの夜。寝付けずにいると、彼がおいで、と囁いた。

彼の胸に抱かれると、互いの持つ、どこにも繋がれないコードが、ようやく接続先を見つけたような気がして、心地よかった。そのコードを通じ、私は彼を理解し、彼も私を理解したはずだった。

人には言えないことをした。狭いバンガローに、ちいさな栗の花が咲いた。


しばらくすると彼は、頻繁に暴力を振るうようになった。拳が上がった瞬間の恐怖と、彼の熱っぽく、せつなげな視線。それを見ると、私はどうしても逃げることが出来ない。


メールには、久々に会いませんか、と書いてあった。

会ってみようと思ったのは、愛しい人を殴る自分の姿を、私もまた見てしまったから。

四月二二日　火曜日
六年ぶりに会う彼は、こわばった笑顔で、ぎこちなく微笑んでいた。

なじみ深い街の、なじみ深い喫茶店で、すこしずつ呼吸を合わせていく。

他愛もない話をした。忘れかけた級友の名前が挙がるだけでおかしかった。

穏やかな雰囲気のなか、あの話を切り出すと、彼の表情が凍った。

その話はするな。

俺が今日、わざわざお前に会おうと思ったのは、忌々(いまいま)しい記憶を、永遠に封印するためだ。

いいか、二度と余計なことを言うな、そして書くな。

書けば、俺の人生が壊れるだろう。俺の親も泣くだろう。

彼の怒りが、ふたたび暴力という突破口を目指そうとしていた。

あんみつのバニラが、戦慄したように、タラリと水滴を垂らしている。

急いで別れると、それから明け方までメールが届き続けた。

殺す、死ね、ふざけるな、殺す、死ね、ぶっ殺す。

罵詈雑言がガラスの液晶から今にも溢れ出しそうだった。

四月二三日　水曜日

　朝になると、彼はごめんなさいごめんなさいと謝りはじめた。そして、俺は弱い人間なんです、どうして君にあんなことをしたのか、自分でもわからないんですと言った。

　どうしてって、さみしかったからだろう。さみしかったから、きつく抱き合って、ひとつの生き物になった。そしたら、どこからどこまでが自分かも分からなくなって、つまるところ、あなたは自分を殴っていたんだろう。お互いつらいのに、苦しいのに離れられなかったのは、やはり、さみしかったからじゃないか。

　彼は、子供のように脅えながら、わかりません、わかりませんと繰り返した。なんにも変わらない。ほんとになあんにも変わっていなかった。

　家族に隠れて、全身の打撲を治したことを思い出す。それだけじゃない。アザを隠すため、梅雨の暑い時期に、冬服で通ったこと。ブーツで思いきり蹴られて、皮膚がぺろりとめくれたこと。

　彼と同様、十年前のまま時を止めていた私の一部は、ようやく彼の元を離れた。そいつを抱き上げ、城に戻る私の、なんと勇ましいこと。

彼はいよいよ独りになって、鬱蒼とした森で雄叫びをあげる。

歩けばいいのに、と私は思う。歩けば、歩き続ければ、いつかは森は終わるのに。

四月二四日　木曜日
警察署に、十年越しの被害届を出しにいく。

ロビーの椅子に腰をおろした瞬間、ひんやりとした感触に、思わず背筋が伸びた。

一面の新緑。

帰り道にお寿司を買った。手芸屋ではボタンを買った。しかし、そうしている間にも、彼が家に来て、私を待ち構えているんじゃないかと思うと、気が気ではなかった。

四月二五日　金曜日
大学生のとき貢いでいた男の子と夜、いきなり会うことになった。

二年ぶりの彼は、好きな服の系統も、歩き方もなにも変わっていなかった。

部屋に入ると、なつかしい匂いがした。几帳面さとがさつさの同居した、男の子特有の部屋。

布団に入ると、こもった汗の匂いがした。そこへ、シャワーを浴びた彼がすっと入ってきて、あんま近づくなよ、と言う。悔しいので、背中のくびれに、どすんと顎を乗せてやった。

あたたかかった。視線の先、カーテンレールの上には、いつか私がプレゼントした、スター・ウォーズのフィギュアが並んでいる。

傍を通る国道には、絶えず車が走っている。そのサーサーという音が、妙に心地いいと言うと、俺もそう思うんだけど、なぜかは分からない、と言った。

波の音に似てるからじゃない。

おおーそれだ、と彼は喜ぶ。

顎を彼の背中に乗っけたまま、私は眠りについた。意識のとぎれる一瞬前に、パパ、と言いたくなる気持ちを、ぐっとこらえた。

四月二六日　土曜日

昼過ぎに起きて、彼の住む街を散歩した。ちいさなお稲荷さん、アスレチックのある公園に、変な銅像のある商店街。

彼は、買ったばかりだというカメラで、そのひとつひとつを得意気に撮影していた。撮影に飽きると、今度は空に向かって思いきり伸びをする。

俺、久々にたくさん寝て、頭ちょーすっきりしてる。このまま駆け出したい気分。

そりゃあよかったね、と横顔を見つめ、ふと気がついた。

私はきっと、あの頃の自分に会いに来たのだ。しかしここにはもう、私はおらず、ただただなつかしくて、あたたかい気持ちが転がっているだけ。

別れ際、近所のスーパーで、押し付けるようにヤカンを買ってあげた。タオルを買ってあげた。うどんを買ってあげた。爪切りを買ってあげた。

お前母ちゃんみたいだな、と言われた。お前こそ、パパみたいだな、と私は言った。

四月二七日　日曜日

新大久保の雑踏に、かつての自分が立っていた。彼との恋に破れ、ボロボロになって、今にも違法グッズの繋るジャングルに、飛び込もうとしている。

もし話すことができたら、引き止めるだろうか。ここから始まる信仰と迷走の日々を、警告するだろうか。

しないかもしれない。むしろいっておいでと、背中を押すかもしれない。

どうやら私は、ここまで走ってきた自分のことが、それなりに好きらしい。いや、大好きだ。

なんだか強く、前に進んでいける気がした。

四月二八日　月曜日

家を出る。

そう宣言すると、リビングの空気が張りつめた。両親は顔をこわばらせ、私もそれにならい、犬だけがソファで穏やかな寝息を立てている。

しばらくして母親が、出来るはずないわ、と吐き捨てた。

目を閉じた。口も閉じて、なにも考えないようにした。

四月二九日　火曜日

昼頃目を覚ますと、リビングにあった私の物が、巨大なゴミ袋にまとめられていた。パンパンに膨れたゴミ袋。ひしめくいばら、仕事の書類、着慣れた服。

それはいつも、父親がやったと信じて疑わなかった光景だった。

本当は誰の仕業（しわざ）か知っていた。父親が、悪意をもって私のものを捨てたことなんて、ほとんど無かった。しかし母親が、あれはパパがやったと言うので、信じるしかなかった。自分が見たことより、母親を信じたかった。

四月三〇日　水曜日

小学生のころ、家族で出かけると、私は必ず母親と手を繋いで、なんのご褒美というわけでもなく、おもちゃを買ってもらった。そのおもちゃたちは今も大切に取ってあって、値段も、買った場所も、すべて完璧に覚えている。
父親は、いつもおもちゃ屋には入らず、店の外にポツンと座っていた。さみしそうだった。それが、妙に気持ちよかった。

あまりにもおもちゃを買い与えるので、母親が祖父母に注意されたことがあった。しかしその夕方、母親は早速、おもちゃを買ってくれた。狂ったように、三つも四つも買ってくれた。

どうして買ってくれるの？　と聞くと、「喜ぶ顔が見たいから」と言って、やさしく頭を撫でてくれた。私は愛されてるんだ、と思った。

食卓に、買ってもらったばかりのおもちゃを並べると、祖父母がぎょっとした目で母親を見た。母親は、込み上げる笑いを隠しながら、ギーギーとステーキを切っている。

「どうしたんですかお義母(かあ)さん。ステーキ、冷めちゃいますよ」

そうね、と笑って、祖母はステーキを頬張る。おばあちゃん、おいしい？　と聞くと、おいしいわ、と答えてくれた。おじいちゃんも、おいしい？　と聞くと、おいしいよ、と答えてくれた。

私はステーキよりもハンバーグが好きだった。しかし大人が言うんだから、ステーキも悪くないんだろう。横にそえられたニンジンが、クッキーみたいに甘いのもいい。

今日はいい日だ、と思った。

二〇一四年五月

五月一日　木曜日
不動産屋のちいさな車で、うねる路地を進む。虫が花弁にもぐるように辿り着いたのは、白塗りのちいさなアパートだった。
部屋に入って窓を開けると、下町の退廃と、高層ビルの群れが、同時に並んで見えた。風の匂いはこもっていて、肌になじまない。
私はなぜ、こんなところにいるんだろう。

五月二日　金曜日
部屋を借りるための保証人を、父親に頼むことにした。

まともな会話は十数年ぶりとあって、父親は明らかに緊張していた。話をひろげる小道具にしたかったのか、古いアルバムを傍らに置いている。

なんなのそれ、と訊いてやると、やや得意気な顔で、俺の若いころの写真だ、と言った。

黄ばんだ表紙をめくると、改造したバイクにまたがって、仲間たちと旅をする父親の姿が焼き付けられていた。かつてこんなに仲が良かった仲間たちは、今はほとんど連絡もなく、会うこともないらしい。

そういえば昔、眠れないでいると、いつも仲間といった旅の珍道中を、おもしろおかしく話してくれた。語られるエピソードはいつも同じで、ある日どうして同じ話ばかりするの？　と聞いたら、もう二度と話してはくれなくなった。

若かりし頃の父親の笑顔は、ひどくはじけていたり、おどけていたりするのだが、皮膚の奥にある、どうしようもない孤独さを、隠しきれてはいなかった。

その切なさは、今まで好きになってきた男の子たちが、きまって抱えていたものと似ていた。

アルバムはあっという間に見終わり、父親は二冊目もあるぞ、と言って納戸に入っていった。しかしどこを探しても、二冊目は見つからなかったらしい。

父親は気まずそうに、はずかしそうに笑っていた。

五月三日　土曜日
父親に、私からもなにか話をしようと思った。できれば、何気ない話をしたかった。しかし舌は、喉は、いや私は、どうしても母親の話をしたかった。

「あの時、助けてほしかった」

動揺した父親の身体が、ぶわっと熱を放つ。知らない間に歳を取り、おじいさんになりかけていた父親の、脈打つ身体。まんなかには、私のはじまった場所がある。ただ、そこに戻りたいと思った。それが無理なら、せめて抱き合いたい。

父親は、逃げるように部屋を去っていった。ここで引き止められなかった未練が、未来の私を、また恋に走らせるんだろう。

五月四日　日曜日
部屋をうずめるおもちゃを、ひとつひとつ眺める。
アクリルの宝石が輝くのは、宿った思い出が美しいから。
金のメッキが曇るのは、すべての思い出が悲しいから。

あたらしい家には、なにも持っていかないことにしよう。

ねむれる王子は、とうとう自分で起き上がって、チョキチョキいばらを伐採しはじめた。

五月五日　月曜日

集めても集めても満たされなかった日々。お気に入りの棚に積み上げられたそれが、少しずつ色褪せていくことも、傷がつくことも、許せなかった。

私は、いばらの外に出ることが、こわくて仕方がなかった。働くことも、人に会うことも、なにもかもがこわかった。だって母親が、外はおそろしいところだと言うから。誰も信用するなと言うから。

夜が明け、夕方になってやっと、すべてのいばらは焼き払われた。

十数年間閉めっぱなしだった雨戸を開けると、まっくろな灰が陽に照らされ、まっくろなまま輝いていた。

五月六日　火曜日
朝から市役所に行き、慣れ親しんだ街並に別れを告げた。
絶えずトラックの往来する国道。コンビニの潰れた跡地には、ペットショップが建っていた。代謝していく街。私も汗のように、つるりと排泄されていく。

駅に向かう途中の大通りで、同居していた祖父とすれちがった。祖父は、カゴいっぱいの荷物に気を取られ、孫の姿に気づかない。
振り返ると、祖父は日陰で足を止め、汗をふいて、それから空を見上げた。空にはひこうき雲が出ている。

私、本当は、家を出たくないんだ。
憎き祖父、うっとおしい祖母、たよりない父親、そんで、ママ。
愛していたんだ、あんな家族でも強く。

新しい街に着くと、不動産屋で契約を済ませ、新居へ。
どうしたらいいかわからず、とりあえず裸になってフローリングにねそべってみた。
肌と床が餅みたいにくっついて、生きていく契りを結びあった。

五月七日　水曜日

空っぽの部屋には、パソコンと財布だけが、力なく転がっている。

お昼には買っておいたサンドイッチを食べて、これからのことを考えた。とりあえず、ベッドを買おう。机を買おう。椅子も買って、ランプも買おう。

落ち着いたら、恋もしたい。


カタタン、カタタン、と電車の音がする。窓の向こうには、得体の知れないビル群が連なっている。

いい天気だ。

部屋を出て、かかとを鳴らすと、ふわ、と追い風が吹いた。

それに乗って、私は子供のように駆けていった。

追記

五月一〇日　土曜日

明け方、母方の祖父が死んだらしい。

逃げたはずの場所に戻り、神道の儀式にそって顔の布をめくると、祖父はバカみたいに口をあけて死んでいた。向かいにいた母親は、いかにもドラマチックにうつむき、その横で、父親はきわめて退屈そうにしている。

広い庭に出ると、ズボンに毛虫がくっついた。私は、普段なら飛び上がるほど嫌いなその虫を、なぜか払うことができず、じっと見つめてしまう。ちいさな毛虫は、細いからだに黄色の毛をちょんちょんと生やして、爪先ではじくと、にょろりと私を睨みつけた。

お葬式はあさって。しかし、困った。ほしいと思っている鞄が、大好きなお店の店頭に並ぶのも、あさってだ。おそらく、私は鞄を買いに行くだろう。死んだ祖父より、生きていく私の鞄のほうが、大切だから。

東京に帰ろう。

鬱蒼とした山林の景色が開けると、まっさらなベッドタウンが広がった。高層ビルの赤いランプは、火の粉みたいにきらめいて、こわいくらいに美しい。

帰宅すると、ベッドにもぐって目をとじた。

しかし毛虫の顔が、祖父の死に顔が、ビルの火の粉が、まぶたに浮かんで寝付けない。朝が来ればいいいな。一刻もはやく、朝が来てほしい。そう、強く思った。

あとがき

二〇一八年八月一日
ずっと開くことのできないでいた日記を、はじめて読み返してみた。すごくつかれた。もうしばらくは読みたくない。

それからの話をしよう。

まずぼくは「おかま」の自称をやめた。私生活においても、文章の仕事においてもだ。そもそも、ぼくの言う「おかま」とは、男らしさという基準からあぶれ、「女のようなもの」になってしまった自分を笑う言葉だった。

そのことに耐えられなくなったのもあるし、ぼくは日記のなかで見つけだした男の子に、なんの記号も与えたくなかった。もうなにも背負わせたくなかった。

すべての記号を払拭し、つるりと裸になってしまったぼくは、アイデンティティーの再構築に四苦八苦しながら、東京でたったひとり、おさない彼を育てなくてはいけなかった。また、日記のなかで文体が変わってしまったこともあり（あれは不思議な体験だった）、仕事もままならない状態がしばらく続いた。はっきり言って、どえらい目に遭うぞ。覚悟しておけよ、ともし機会があったらあのころのぼくに伝えたい。

いや、やっぱり内緒にしておくかな。生きるのやめちゃいそうだし。

あれから四年が経ったいま、いろいろなことが氷解しはじめていて、ぼくは以前よりもずっとのびのびと息をしている。たとえば性自認については、卑屈になったりせず、とてもリラックスした状態で、男だと言い切れるようになった。もちろん、大好きなセーラームーンのコンパクトを片手にね。

家族との関係も、あたらしく変わりつつある。きっかけは、家を出て二年後、二〇一六年の春ごろに開催されていたセーラームーンの展覧会に、両親があそびに来てくれたことだった。

「ママとセーラームーン展にきたぞ」

二年間も絶交状態だった父からとつぜんメールが入って、ぼくは友人とのサイクリング中に震えが止まらなくなった。そのとき、四ツ谷駅にかかる橋のうえからは、ちょうど会場の六本木ヒルズが見えていた。

父がセーラームーン展にいる。母もいっしょにいる。

事実をゆっくりと反芻してみればみるほど、信じられなかった。

それは、ぼくのこころに入ってきてもらうこととおなじだったから。

ぼくの求めていたすべてだったから。

おなじく絶交状態だった母におそるおそる「ありがとう」とメールをすると、旅先のベルリンで放送されていたという、セーラームーンの変身シーンの写真が数枚送られてきた。

「あんたとはケンカしてたからさ。ずっと送れなかったんだよ」

ぼくはケンカ、という表現のちっちゃさと、すねたような母の態度にずっこけた。両親にはもう二度と会わない、くらいの気持ちで、家を飛び出して来たっていうのにさ。

しかし、そのことでずいぶんと気が楽になり、家族との向き合い方も変わっていった。嫁である母の立場を通してしか見られなかった祖父母とも、いまは自然に関わっている。

もちろん許せないでいることもあるけれど、それでもべつに大丈夫。だって、セーラームーン展に来てくれたんだものな。

四年前には、まさかこんな未来がやってくるとは、夢にも思わなかった。

すべてはあのころの自分が、必死こいて生きてくれたおかげだ。血まみれになって書いてくれたおかげだ。

読み返すと、あまりに主観にとらわれていたり、やべーなこいつ、と思うような箇所もあるけれど、ぼくは本著におさめられた青春の日々を、とても愛おしく思う。そして、たった一冊の本におさまるはずのない、ページからあふれてあふれて止まらない人生というものについても、めいっぱい愛せそうな気がしている。

当時関わってくれた友人知人のなかには、関係性が変わったり、いつの間にか疎遠になってしまった人もいるけれど、あなたにも、あなたにもありがとう。アイドルや車夫にもありがとう。家族のみんな、編集担当の松尾さん、素敵な解説を書いてくださった作家の柚木麻子さん、デザイナーの名久井直子さんもありがとう。

そして連載当時から、友だちのように応援してくださった読者のみなさま、セーラームーンにもありがとう。

道のりはまだまだ険しいけれど、ぼくは今日という日を、とてもすこやかにすごしています。

解説

柚木麻子

数年ぶりに原宿・竹下通りを訪れた。三十八度を超す外気温だというのに、通りは人で溢れ、その多くは外国人観光客だった。ドラゴンボールのコスプレをしたフランス人女性二人組、息子らしき背の高い男性を引き連れたキティ柄浴衣姿の中東系の女性とすれ違う。ほんの少し来ないうちに、店頭に並ぶ雑貨や服、ＰＯＰの文面から、行き交う人々のメイクやファッションまで、雰囲気は大きく様変わりしていた。ジェンダーレスでとろけるようなユニコーンカラーが基調ではあるが、「ゆるふわ」や「愛され」は一掃され、すっきりとしたデザインでどこか超然としている。流行りのフードのほとんどが韓国や台湾発のもの。ギトギトした濃い色の揚げ物をかじりながら私の横を通り過ぎた若者は、透き通るような甘い色の前髪をさらさらと揺らし、赤いアイメイクは勇ましく、ジャッジされることをやんわりと拒否していた。生写真人気もファッションアイコンも、完全に韓流アイドルが主流のようだ。美少年アニメグッズに修学旅行生の男女混合グループが群がり、アメコミのキャラが再び熱視線を浴びている。年齢層も幅広く、五年前なら四十近い女がこの通りをフラフラ歩いていたら浮いて仕方がなかっただろうが、まるで悪目立ちしなかった。なんだか錯覚してしまう。一部の人が声高に叫ぶように日本にはもう差別なんて存在しないのではないか。少なくとも東京からは国境も性別も消滅し、可愛いを正義としたスーパーミラクルシティに生まれ変わったのではないか。連日、熱中症患者数が報道されているのに、アクリル素材のアクセサリーや飴玉みたいな雑貨、推しの写真を求めてこれだけ多様な人種が共存している光景がなによりの証拠ではないか……。

そんな浅はかな幻想を見たのは暑さのせいかもしれないし、甘い甘いクレープの匂いに酔ったせいかもしれない。ゆめかわな三百五十メートルを通り抜けたら、そこには見慣れたモノトーンの街並みが広がり、数年後に迫った東京オリンピック会場のすぐ近くに吐き出された。地下鉄に乗ってスマホでニュースを見れば、衆議院議員がＬＧＢＴへのヘイト発言で注目を集めていた。記録的猛暑を更新した平成最後の七月の出来事である。

『焦心日記』には二〇一三年から二〇一四年までの著者の日常が綴られている。自傷すれすれのサービス精神と知性を武器に、自分だけではなく社会の深淵にも果敢に切り込んでいく日々。のめり込んで読み進めるうちに、著者同様に読者も、思いもよらない場所に押し流されていくはずだ。文学として一級なことは刊行当時も感じていたが、四年経って当時を振り返りながら読み返してみれば、文化史としての視点の正しさ、警鐘にもうなった。誰よりも鋭敏な、ユニコーンのツノのようなセンサーを持つアヤ氏が抱いていた違和感や怒りに、ようやく今になって、私は追いついている。同時に、アヤ氏が発掘し続けたうつくしいものたちがこの数年でメジャーな人気を獲得しつつ、竹下通りという特殊な場所にのみ集結していることに、なにか複雑な気持ちにもなる。若者たちの水面下での静かな怒りがうかがえて、上の世代としては社会をなんら改善できなかったことがふがいなく感じられるのだ。可愛いを強く欲すること。そこには時として抑圧への激しい憤りが秘められていることを、少年アヤが教えてくれたためである。

推しにかつて恋した相手の面影を見ていたと気付くまでの『尼のような子』、アイドルや玩具の収集に明け暮れるうちに、やがては家族と向き合うことになる『焦心日記』、小説の形式をとってはいるが祖父の死から始まる『果てしのない世界め』は、三部作であると見てもいいだろう。とりわけ、処女作と最新作をつなぐ役割をする本作は密度が高く、著者の人生が激変する瞬間に何度も立ち会うことができる、類を見ない傑作だ。

自分のアンテナを頼りに可愛いものをひたすら買い集め、愛でる。もう一人の自分たり得るうつくしい存在を見つけ出す。高カロリーのジャンクフードを暴食しながら、同志と興奮を共有し、コンプレックスも悲しみも飲み下して、クラクラと酩酊する。著者は発見していく。可愛いを大切にすることは抑圧を跳ね返すキラキラのステッキになり得る、と。うつくしい世界に酔い、いっときでも現実を忘れることは立派な武器なのだ。例えば、推しのイベントにスペシャルゲストとして登場してきた、家父長制の歪みを象徴する某タレントに、ファンたちが連帯して立ち向かい勝利する描写は、作中で最も痛快で希望を感じさせる。

しかし、読者への優しさからか描ききらずにユーモアでくるむ姿勢は、中盤の性被害をきっかけに薄れていく。加害者にしきりと「可愛い」と囁かれてたことはおぞましくも象徴的である。可愛いを愛すること、可愛い存在でありたいと願うこと。それまで丹念に積み重ねられてきた時間は徹底的に傷つけられ、蹂躙される。はかなくうつくしくやさしいものは時に、暴力的に客体化されてしまう危険をはらんでいるのだ。それでもなお、著者は怒りを核に立ち向かおうと決意する。それは、幼年期の記憶までさかのぼらねばならない、過酷な旅の入り口だった。文章は急速に深度を増し、日常はいつかの夢で見たような、架空の獣が行き交い、巨大な植物がビルに巻きつく、ほの暗い異世界にのっとられていく。愛すべきものたちで「いばら」を構築することは、搾取されないための唯一の防衛手段だったのだ。前半のクスリと笑わせる余地を残した日々は、壮絶な闘いの歴史の一部だったのかと、我々はようやく気付く。個から家族へ、そして再び個へ。かつていばらを廃棄した本当の犯人とは誰だったのか。自傷から自尊心の獲得への軌跡。容赦ない筆致はこちらの心さえ切り刻むが、その激しさや辛辣さはいばらと共に生きるにはどうしても必要だったのだろう。

著者は男の子と女の子が心に住んでいることを知る。どこにも分類できないような感情、はかない小物たち。強引に鋳型にはめようとする社会から、こぼれ落ちてしまう、白でも黒でもない、朝焼けのような柔らかなあわい。そこに留まるために鍛錬を積み、顔を上げて突き進む姿はあくまでも毅然としていることにどきりとする。
終盤、自らの手でいばらを刈り込んでいく。それは可愛いへの決別ではないことを、読者は知っている。著者が今度、愛しさを込めて何かに手を伸ばす時、それは誰かの侵入を防ぐためでも闘うためでもない、自分のためだとわかるのだ。いつの日か、トゲも毒もない、他者が出入り可能な花園が、著者を取り巻くのだろう――。とはいえ、そんな風に感じる自分は、甘いのだろうか、勝手に希望的観測を押し付けて思考から逃げてはいまいか、という懸念もほんの少し感じていた。

しかし、二〇一八年現在、少年アヤが書いているものを読めば、この時の感想は間違っていなかったとわかる。著者は変わり続け、今なお成長し続けている。現在のアヤ氏はアイドルやこまごましたものを愛しながら、あらゆる世代の少女や少年を支え、連帯している。この姿勢がある限り、今後読者層はさらに広まっていくだろう。ことに、街や玩具の思い出を綴った文章は、東京オリンピック目前に、ともすると大きな流れにかき消されてしまうような、景色や都市のささやかな断片をリアルタイムで保管していて、時代を超えて読み継がれるであろう文化的価値を感じさせる。アヤ氏はもはや、うつくしくやさしいものたちから守られる立場を卒業し、守る側に立っているのだ。そればかりではなく読者の心に種を蒔き、うつくしさややさしさを育くんでもいる。その自立した個でありながらも、保護し育てるという立場、さらに父親としてでも母親としてでもないというあり方に、家父長制から自由になった一つのモデルケースとして、勇気付けられる人は多いだろう。

こうしている今も、少年アヤの才能はすくすくと伸び続け、我々を圧倒しながらも、救っている。枝葉を広げ、花や実をつけ、行き場を失っている人々の屋根となり、滋養を与える。それはトゲをまとった薔薇ではなく、マーガレットのように強靭でありながら、しなやかで、可憐な姿に違いないのだ。

（作家）

本書は、二〇一四年七月に小社より刊行された『少年アヤちゃん焦心日記』を改題のうえ、文庫化したものです。

焦心日記

二〇一八年一〇月一〇日　初版印刷
二〇一八年一〇月二〇日　初版発行

著　者　少年アヤ
発行者　小野寺優
発行所　株式会社河出書房新社
〒一五一-〇〇五一
東京都渋谷区千駄ヶ谷二-三二-二
電話〇三-三四〇四-八六一一（編集）
〇三-三四〇四-一二〇一（営業）
http://www.kawade.co.jp/

ロゴ・表紙デザイン　粟津潔
本文フォーマット　佐々木暁
本文組版　KAWADE DTP WORKS
印刷・製本　凸版印刷株式会社

Printed in Japan　ISBN978-4-309-41637-3

少年アリス

長野まゆみ　40338-0

兄に借りた色鉛筆を教室に忘れてきた蜜蜂は、友人のアリスと共に、夜の学校に忍び込む。誰もいないはずの理科室で不思議な授業を覗き見た彼は教師に捕えられてしまう……。第二十五回文藝賞受賞のメルヘン。

野ばら

長野まゆみ　40346-5

少年の夢が匂う、白い野ばら咲く庭。そこには銀色と黒蜜糖という二匹の美しい猫がすんでいた。その猫たちと同じ名前を持つ二人の少年をめぐって繰り広げられる、真夏の夜のフェアリー・テール。

三日月少年漂流記

長野まゆみ　40357-1

博物館に展示されていた三日月少年が消えた。精巧な自動人形は盗まれたのか、自ら逃亡したのか？　三日月少年を探しに始発電車に乗り込んだ水蓮と銅貨の不思議な冒険を描く、幻の文庫オリジナル作品。

親指Pの修業時代　上

松浦理英子　40792-0

無邪気で平凡な女子大生、一実。眠りから目覚めると彼女の右足の親指はペニスになっていた。驚くべき奇想とユーモラスな語り口でベストセラーとなった衝撃の作品が待望の新装版に！

親指Pの修業時代　下

松浦理英子　40793-7

性的に特殊な事情を持つ人々が集まる見せ物一座“フラワー・ショー”に参加した一実。果して親指Ｐの行く末は？　文学とセクシャリティの関係を変えた決定的名作が待望の新装版に！

ナチュラル・ウーマン

松浦理英子　40847-7

「私、あなたを抱きしめた時、生まれて初めて自分が女だと感じたの」——二人の女性の至純の愛と実験的な性を描いた異色の傑作が、待望の新装版で甦る。

第七官界彷徨

尾崎翠　40971-9

「人間の第七官にひびくような詩」を書きたいと願う少女・町子。分裂心理や蘚の恋愛を研究する一風変わった兄弟と従兄、そして町子が陥る恋の行方は？　忘れられた作家・尾崎翠再発見の契機となった傑作。

完本 酔郷譚

倉橋由美子　41148-4

孤高の文学者・倉橋由美子が遺した最後の連作短編集『よもつひらさか往還』と『酔郷譚』が完本になって初登場。主人公の慧君があの世とこの世を往還し、夢幻の世界で歓を尽くす。

小川洋子の偏愛短篇箱

小川洋子〔編著〕　41155-2

この箱を開くことは、片手に顕微鏡、片手に望遠鏡を携え、短篇という名の王国を旅するのに等しい——十六作品に解説エッセイを付けて、小川洋子の偏愛する小説世界を楽しむ究極の短篇アンソロジー。

小川洋子の陶酔短篇箱

小川洋子〔編著〕　41536-9

川上弘美「河童玉」、泉鏡花「外科室」など、小川洋子が偏愛する短篇小説十六篇と作品ごとの解説エッセイ。摩訶不思議で面白い物語と小川洋子のエッセイが奏でる究極のアンソロジー。

ブラザー・サン　シスター・ムーン

恩田陸　41150-7

本と映画と音楽……それさえあれば幸せだった奇蹟のような時間。「大学」という特別な空間を初めて著者が描いた、青春小説決定版！　単行本未収録・本編のスピンオフ「糾える縄のごとく」＆特別対談収録。

福袋

角田光代　41056-2

私たちはだれも、中身のわからない福袋を持たされて、この世に生まれてくるのかもしれない……人は日常生活のどんな瞬間に、思わず自分の心や人生のブラックボックスを開けてしまうのか？　八つの連作小説集。

性愛論

橋爪大三郎　41565-9

ひとはなぜ、愛するのか。身体はなぜ、もうひとつの身体を求めるのか。猥褻論、性別論、性関係論からキリスト教圏の性愛倫理とその日本的展開まで。永遠の問いを原理的に考察。解説：上野千鶴子／大澤真幸

考えるということ

大澤真幸　41506-2

読み、考え、そして書く——。考えることの基本から説き起こし、社会科学、文学、自然科学という異なるジャンルの文献から思考をつむぐ実践例を展開。創造的な仕事はこうして生まれる。

軋む社会　教育・仕事・若者の現在

本田由紀　41090-6

希望を持てないこの社会の重荷を、未来を支える若者が背負う必要などあるのか。この危機と失意を前にし、社会を進展させていく具体策とは何か。増補として「シューカツ」を問う論考を追加。

売春という病

酒井あゆみ　41083-8

月収数百万円の世界を棄て、現代の「売春婦」達はどこへ消えたのか？「昼」の生活に戻れるのか？　自分を売り続けてきた女たちが、現在と過去を明かし、売春という病を追究する衝撃のノンフィクション！

TOKYO 0円ハウス 0円生活

坂口恭平　41082-1

「東京では一円もかけずに暮らすことができる」——住まいは二十三区内、総工費０円、生活費０円。釘も電気も全てタダ⁉　隅田川のブルーシートハウスに住む「都市の達人」鈴木さんに学ぶ、理想の家と生活とは？

結婚帝国

上野千鶴子／信田さよ子　41081-4

結婚は、本当に女のわかれ道なのか……？　もはや既婚／非婚のキーワードだけでは括れない「結婚」と「女」の現実を、〈オンナの味方〉二大巨頭が徹底的に語りあう！　文庫版のための追加対談収録！